나로 말할 것 같으면

나로 말할 것 같으면
Yes, I am

윤명숙 에세이

여보.
당신 책 나와?
축하해요.

확성기 달린 차 빌려타고,
아내 책 나온다고 떠벌리고 싶은 심정을 억누르고 있소.

벌써 63년이 흘렀네.
잘 다니던 미술대학도 그만두고, 빈털터리인 내게 시집와서
그간 고생 많이 했구려.

현대 미술 운동한답시고
가정을 알뜰히 보살피지 못한 나 대신
아이들 대학 갈 때마다 부업에서 새우잠 자곤하던 당신.
틈틈이 글을 쓰는 것 같더니, 자랑스럽다. 내 아내.

당신한테 청혼할 때의 그 뜨거운 마음이
여전히 가슴 깊이 각인되어 있소.

사랑합니다. 윤명숙 !
그리고 축하합니다.

2021년 2월

남편 박서보가

작가의 말

즐거워서 그리워서 그린다

나는 요즘, 종이와 연필만 있으면 언제 어디서나 쉽게 그릴 수 있는 소묘에 재미 붙였다. 주위에 널려 있는 잡동사니 중에서 만만한 놈을 골라 그린다. 하지만 쉽지가 않다. 오랫동안 방치한 감각이, 종이 위에서 연필을 움켜쥐고 우왕좌왕하는 손이, 예전으로 돌아가기는 힘들다고 말한다. 신바람 나게 그렸어도 영 신통치 않다. 그래도 잡동사니들과의 잡담이 즐거워서, 어머니와 할머니의 손길이 그리워서 나는 계속 그린다.

사실 내게 의미 있는 것은 그림을 그리는 과정이고, 그림을 그리는 자신이다. 그게 더 중요하다 보니 그리는 대상에서 힘이 빠져버려 제목을 붙이기도 애매해져버린다. 워낙 존재감 없는 일상의 물건들이라 더 그렇다. 그러니 모든 그림의 제목을 일상이라고 붙여도 상관없는 일이다. 책 만드는 과정에서 어쩔 수 없이 글과 그림을 한자리에 묶어놓았지만, 딱히 연결 고리가 있는 것은 아니다. 공통점이라면 빈 종이를 채워야 하는 글과 그림의 슬픈 숙명이랄까.

기왕 다시 시작한 그림이니 글 쓰듯이 계속해보련다. 그러다 보면 예전의 감각이 돌아오고, 오일페인팅에도 다시 도전할 수 있겠지. 아무튼, 오래 살고 볼 일이다.

2021년 겨울 끝자락에
윤명숙

차례

프롤로그
기지개를 켠다

아침 나절 여름 내 미뤄뒀던 돌확의 물을 퍼 버리고 새 물을 채웠다. 올봄에 수련 한 뿌리를 사다 넣었는데 어찌된 셈인지 꽃은 피워보지도 못하고 누렇게 떡잎이 지더니 결국 썩어 문드러졌다. 전에는 앞산에 사는 까치 부부가 연신 날아와 돌확에서 목도 축이고 목욕도 했는데 수련을 들여놓은 뒤에 게으름 부리며 물을 안 갈아줬더니 참새 한 마리 얼씬 안 한다. 수련은 병이 깊어가는데 나는 탁해진 물속에서 모기 유충이 자맥질 하는 것을 신기해하며 구경만 했다. 모기에 물리는 줄도 모르고….

그동안 꾸준히 해오던 운동을 슬그머니 관뒀다. 수영장이며 헬스장을 두루 갖춘 주상복합 아파트에서 살다가 연희동에 새 집을 지어 이사한 해에, 내 나이가 훌쩍 팔십 고개를 넘어섰다. 운동을 안 한 탓인지 확실히 기력이 전보다 떨어진다. 동네 한 바퀴 도는 것도 숨이 턱에 차고 가만있어도 몸뚱이가 편치 않다. 평생 불평 않던 살림살이까지 꾀가 나고 힘이 들어 죽을 지경이다.

그래도 뇌 운동이랍시고 글은 짬짬이 썼다. 그런데 그마저 요 근래 두어 달은 식탁 위에서 입 꽉 다물고 고집스레 버티고 있는 노트북을 애써 외면하고 지내는 중이다. 궁색한 이유로 코로나를 들먹여보지만, 집구석에 들어박힌 후로 발에 차이는 게 시간인지라 코로나 핑계는 어불성설이다.

잡동사니로 가득한 수납장을 정리하고, 유행 지난 십 수 년 된 옷을 들춰내 공연히 일거리를 만들어보지만, 집안일이라는 게 빤해서 이내 밑천이 드러난다. 내 경험으로는 창조적인 일을 하지 않는 한 다람쥐 쳇바퀴 도는 이 일상에서 빠져나갈 구멍은 없어 보인다. 그나마 일주일에 한 번 만나 수다떨던 나의 유일한 바깥나들이 글쓰기 모임도 코로나 때문에 카톡으로만 소통하고 있다. 주에 한 번 신촌에서 모이는 우리 여덟 명은 조선일보 문화센터에서 만난 사이다. 성별 나이 사는 곳도 다 다른 사람들끼리 글쓰기 모임을 따로 만들어 삶이 훤히 드러나는 산문을 2년 가까이 쓰고 있다.

그런데 정작 쓰고 싶은 것은 소설이다. 딸이 내가 환갑이 되던 해, 생일 선물이라고 신촌 현대백화점 문화센터 강좌를 등록해준 것이 글쓰기의 시작이 되었다. 신청자가 밀려드는 노래 교실이며, 고상한 자수반이며, 내가 자신 있어 했던 수채화반도 있었는데, 심리치료사인 딸은 하필 단편소설반을 골라 제 맘대로 등록하고 내 등을 떠밀었다. 소설가 유재용 선생이 강사였다.

지금도 그 첫 시간을 기억하면 멋쩍어진다. 속으로는 많이 당황했으면서 겉으로는 천연덕스럽게 꾸미려 무척 애를 썼다. 열 명 남짓의 그 반 학생들은 모두 프로였고 문예지에 등단한 사람도 여럿이었다. 중간에 뛰어들어 쥐뿔도 모르고 덤벙대는 내가 한심했던지 동료들은 내게 도움이 될 만한 책을 빌려주고 기꺼이 말 상대도 해주었다. 해를 거듭하며 회원이 줄어드는 바람에 그곳도 문을 닫게 되었지만 그 사이에 나는 짤막한 소설 한 편을 써 문예지에 등단했다.

그 문예지의 심사 위원이었던 유재용 선생이 내 글을 추천해주었다. 나보다 한 살 더 많았던 선생은 늘 내 원고를 각별히 신경 써 봐주곤 했다. 나중에 들으니 당신의 반에 소설을 쓰겠다고 나타난 나이든 사람을 보고 처음에는 번지수를 잘못 알고 찾아온 사람이려니 했다고 한다. 끝까지 포기하지 않아 많이 놀랐다는 선생은 문예지에 내 글을 추천하면서 "이만하면 인기 작가 작품 속에 끼워 넣어도 속겠다"며 비죽이 웃었다. 인쇄된 책이 나오고 당선 축하 전화를 연신 받으니 나 자신도 내가 글쟁이가 됐다고 깜빡 속았다. 그런데 구매할 책이 내 앞으로 50권 배당됐다. 책값을 지불하고 나니 어쩐지 문예지 장삿속이 읽히기 시작했다. 일련의 일들이 면구스러워지자 더 이상 글이 써지지 않았다. 먼저 것보다 더 잘 쓰려는 욕심도 큰 부담으로 다가왔던 것이 사실이다.

그렇게 소설 쓰는 일을 접은 지도 십 수 년이 지난 요즘, 나는 딸의 등쌀에 밀려 또다시 글을 쓴다. 딸의 말마따나 욕심내지 말고 놀이 삼아 쓰려고 하는데, 막상 책상에 앉으면 나이 들어 생긴 건망증 때문에 금방 떠오른 생각도 가뭇없이 사라지고 만다. 이제는 낱말을 잊는 것이 아니고 잃어버리는 중이라서 글 쓰는 과정이 거의 고행에 가깝다. 제일 뒤처졌던 나를 따뜻하게 다독여주던 유재용 선생도 세상을 뜬 지 여러 해 됐고, 내가 블로그에 올리는 글마다 다정하게 댓글을 달아주던 소설가 친구도 손위 나를 제치고 올해 세상을 떴다.

그러나 절망하긴 아직 이르다. 새로 사귄 문우들이 내 사그라지는 창작 의지에 불씨가 되고, 더 다행인 것은 아직도 소설을 써보려는 야심이 내 안에 도사리고 있기 때문이다. 호흡이 짧은 체질이니 내겐 단편소설이 제격이다. 아무쪼록 별처럼 반짝이는 작품 하나 남기고 죽을 수 있기를… 단언컨대 이 욕구는 코로나 방콕으로부터 내 육신을 자유롭게 할 유일한 탈출구가 될 것이다.

　찰랑찰랑 넘치는 돌확의 물속으로 새파란 하늘이 녹아든다. 중정에서 주방 창문으로 거실 쪽을 넘겨다보니 남편이 TV에 시선을 꽂고 소파에 앉아 있다. 딴 세상 같다. 무심히 돌아서서 양팔을 힘껏 뻗고 기지개를 켠다. 세상이 요동을 쳐도 내 집 정원의 꽃은 나비를 불러들이고, 필시 까치 부부도 곧 맑은 물에 몸을 축이러 내 집에 다시 오리라.

1
.
살다 보면

슬기로운 방콕생활

코로나 바이러스가 한참 위력을 부리던 지난 4월에 나는 생각지도 않던 고추장을 담갔다. 장 담그는 시기는 구정 지나고 겨울 날씨 풀릴 때쯤, 바람은 쌀쌀하고 햇볕은 쨍할 때가 가장 좋다. 실없는 말이지만 코로나와 고추장은 특별한 관계랄 게 없다.

단독주택에 살 때는 당연히 장도 담그고 김장도 했다. 그러다 아파트로 거주지를 옮기고 나서 그 일에서 손을 놓았다. 몇십 년을 끼고 산 장독이며 항아리들, 그 외에도 불필요해져버린 갖가지 도구들은 모두 농사짓는 조카네로 트럭에 실어 보냈다. 섭섭하긴 했지만 앓던 이 빠진 것처럼 시원했다. 그러나 어찌 알았겠는가? 20년 후에 고추장 담글 일이 생길 줄이야.

평소에도 외출이 잦은 편은 아닌데 코로나 때문에 사회적 거리를 두고부터는 아이들도 발길을 끊었고 나도 집에 들어앉아 하릴없는 시간이 많아졌다. 그래서 바람도 쐴 겸 운동 삼아 설렁설렁 동네를 한 바퀴 돌며 세월을 보낸다. 차 운전하며 휙 지날 때는 한 번도 보지 못했던, 구석진 곳에 오밀조밀 꾸며놓은 가게 안을 기웃거리는 재미도 제법 쏠쏠하다. 그중에서도 내가 결코 그냥 지나칠 수 없는 곳이 꽃집이다.

연희동 먹자골목에는 용케 꽃집이 세 군데나 있다. 동네에 정원이 있는 단독 주택이 많다 보니 그에 어울리는 개량종 야생초를 많이 갖다 놓는다. 나는 욕심껏 들풀 같은 야생초를 정원 여기저기에 잔뜩 심었다. 그래서 돌과 이끼만으로 고즈넉하게 꾸민 우리 집 정원이 내 손길에 의해 망가질 때쯤, 그 일도 더 이상 할 게 없어진 어느 날, 아침 설거지를 끝내고 시계를 보니 평소보다 일찍 끝났다. 난 할 일을 찾아 서성대다가 냉장고 청소를 시작했다.

코로나가 무서워 시장 나들이를 줄였더니 냉동실에 꽉 차 있던 먹을거리가 줄어들면서 조카가 보내준 태양초가 불거져 나왔다. 그 바람에, 20년 전에 이미 고추장 항아리며 고무 다라이, 나무 주걱까지 싸잡아 시골로 보내버린 것은 깜박 잊고, 오랜만에 고추장이나 담가볼까 하는 뜬금없는 맘을 먹게

살다 보면

됐다. 개운하게 냉장고 청소를 했으면 편히 쉬던지 아니면 옷장정리나 할 것이지 난데없이 고추장 담글 생각을 하다니….

고추장 담기를 일생 동안 수십 번도 더 담았을 베테랑인 내가, 세월이 많이 흘렀어도 그렇지, 막상 장을 담그려니 머릿속이 캄캄했다. 급기야 네이버에서 고추장 레시피를 찾아본 후에 허둥지둥 마스크 착용도 깜박 잊고 마트로 달려갔다. 찹쌀가루와 메줏가루, 그리고 엿기름을 샀다. 레시피에는 물엿도 준비하라고 돼 있었지만 난 사지 않았다. 우선 엿기름과 물을 섞고 서너 시간 우린 다음, 바락바락 주물러 걸러낸 물을 한 시간쯤 가라앉힌 다음 맑은 윗물만 따라냈다. 힘쓰는 일은 끝난 셈이다. 나는 느긋하게 저녁도 먹고 소파에 널브러져 TV를 보며 허리 아프다는 핑계로 엿기름 끓이는 일을 다음 날로 미뤘다.

아침에 일어나 엿기름물을 보니 노리끼리하게 잘 삭혀져 달착지근한 냄새를 풍기고 있었다. 서둘러 아침밥을 해먹고, 설거지도 하고, 뉴스 들으며 차도 마시고—사이에 세탁기도 돌리고 베란다 건조대에 빨래를 털어 넣기까지 했다—, 내가 잠시 방심하는 사이 해가 중천에 떴다. 이제 슬슬 고추장을 담가볼까 하고 엿기름물을 들여다보니 이게 웬일인가? 거

마스크. 종이에 연필과 수채화 물감, 2020

품이 뽀글뽀글 올라오고 시큼한 냄새가 진동했다. 그제야 정
신이 번쩍 들어 허둥지둥 센 불에 올려놓고 끓였지만 신맛은
가시지 않았다. 눈 질근 감고 싱크대에 엿기름물을 쏟아버렸
다. 뜨거운 김이 얼굴에 확 끼쳤다. 버럭 화가 치밀었다. 한달
음에 달려 나가 엿기름을 다시 사왔다. 실수를 만회할 마음
이 급하니 시간을 두고 천천히 삭힐 여유가 없다. 식식대며 걸
러낸 엿기름물에 댓바람 찹쌀가루 풀고 다짜고짜 불 위에 올
려놓고 끓였다. 결국 찹쌀 풀이 되고 말았고 더불어 나의 기
세도 그만 풀이 죽고 말았다. 고춧가루 풀고, 메줏가루 섞고,
소금으로 간 맞추고, 어깨가 비명을 지를 때까지 돌리고 돌렸
지만 삭히지 않은 찹쌀 풀은 나긋해질 기미가 보이지 않았다.
어찌어찌 고추장이랍시고 버무려놓기는 했는데 색마저 빨갛
게 살아날 기색이 없다. 그렇다면 숙성이라도 잘해야 할 텐데,
올봄은 열심히 항아리 대용인 플라스틱 통 들고 햇빛을 따라
다녀야 할 것 같다.

그나마 다행이었던 건 이틀이나 고추장과 씨름하는 동안
잠시나마 코로나 바이러스를 잊을 수 있었다는 것이다. 살짝
행복하기까지 했다. 그렇다고 바이러스로부터 자유로워진 것
은 아니다. 여전히 밖으로 나가기가 두렵다. 조심한다고 위험

에서 벗어날 것 같지도 않다. 그래서 그냥 시간이 흘러가기를 기다린다.

꽃무늬 마스크로 팔자 주름도 가려주고, 꽃집도 들락거리고, 젊어서 내가 잘했던 뜨개질도 뜨고, 그림도 다시 그리고, 사부작사부작 혼자 들어앉아 할 일은 얼마든지 있다. 결과물에 실망만 하지 않으면 그동안 팽개쳐두었던 일을 다시 시작하는 좋은 기회로 삼을 수 있을 것이다.

결코 나쁘지만은 않은 코로나 방콕생활이다.

살다 보면

부산행

오랜만에 남편과 함께 1박 2일 일정으로 부산을 찾았다. 아직 코로나는 수그러들지 않았고 날씨도 갑자기 추워져 선뜻 여행에 나설 마음이 들지 않았지만 남편의 작품을 관리하는 갤러리에서 '아트 부산' 비엔날레의 폐막에 맞춰 꼭 참석해달라는 간곡한 부탁을 해 거절할 수 없었다.

언제부턴가 우리 부부는 누구의 도움 없이는 먼 길을 나서지 못하는 신세가 되었다. 표를 사는 일부터, 차에 오르내리는 사소한 것까지 전적으로 자식들에게 의존하다 보니 외출할 일이 생기면 겁부터 난다. 이번에도 별수 없이 같은 지붕 아래에 사는 아들 내외와 손주를 앞세우고 부산행 KTX 열차에 몸을 실었다.

쌀쌀한 서울 날씨에 비해 부산의 바닷바람은 푸근했다.

우린 늦은 점심을 먹고 곧바로 부산시립미술관 별관(이우환 공간)으로 갔다. 그곳에서는 미국의 비디오 아티스트 '빌 비올라'의 작품이 전시 중이었다. 나에게 빌 비올라는 생소한 작가였다. 이 사람의 전시를 볼 줄 알았으면 기차 안에서 정신없이 조는 시간에 인터넷으로 작가의 작품을 찾아보고 대충 감이라도 잡았을 것을… 아무런 예비지식도 없이 별안간 유명 작가의 작품과 마주친 것이다.

어두운 전시실 정면 벽에는 아주 평범한 연못의 영상이 비춰지고 있었다. 연못에 물은 바람에 미세하게 흔들리고, 그 위로 낮게 '우웅 우 웅'하는 풍경 소리 같기도 하고 한 맺힌 사람의 한숨 소리 같기도 한 나지막한 음향이 낮게 흐르고 있다. 나는 귀를 기울인 채 변화 없는 연못을 무심히 보다가 그 방에서 슬그머니 나왔다. 미술관에 들어올 때부터 만나는 사람마다 약속이라도 한 듯, 볼 만한 전시로 비올라 작품을 추천하는 바람에 내 기대가 컸던 모양이다. 약간 실망했지만 내색을 할 수 없었다. 자신이 없기 때문이다.

이어서 들어간 방도 역시 마주 보이는 벽에 영상이 돌아가고 있었다. 보이는 거라고는 지평선뿐, 이번에는 작심하고 그 '웅웅'하는 소리를 들으며 앞을 응시한다. 선 위에 작은 점

살다 보면

이 나타나는 순간, 놓칠세라 그 점에 시선을 꽂는다. 점이 조금씩 커진다. 아주 조금씩, 조금씩 커진다. 무언가가 앞으로 다가오고 있다. '뭐지?' '웅~우웅~' 호기심과 기대로 긴장감이 흐른다. 자동찬가? 짐승인가? 사람인가? 조금씩 커지던 점이 사람의 모습으로 드러난다. 발이 푹푹 빠지는 눈밭 위를 엎어지고 고푸리며 한 사람이 다가오고 있다. '웅 우웅~' 남자다. '웅~ 우웅~' 좀 있으면 남자는 헉헉거리며 카메라를 바라보다 화면 밖으로 사라질 것이다. 어쩌면 안 그럴지도 모른다. 나는 왠지 조마조마해서 그 방을 빠져나왔다. 내 예상대로 그 사람은 그냥 사라졌을까?

뜻밖에 만난 비올라의 전시는, 나의 경직된 시야를 넓혀줄 좋은 기회였다. 그런데 겨우 두 작품만 보고 일행을 놓칠세라 서둘러 나왔다. 늙으니까 익숙지 않은 것을 마주하면 우선 머리가 지끈거리고, 두렵고, 피하고 싶어진다. 내가 얼마나 한심한 줄은 나도 안다.

건물 밖으로 나오니 손주가 할아버지를 부축하고 이우환의 설치작품 앞에서 내가 나오기를 기다리고 있었다. 어두운 전시실에 있다 나오니 정원 풍경이 한층 밝고 경쾌하다. 서울에서 보기 힘든 새파란 하늘마저 설치작품에 생기를 불어넣어주고 있었다.

우린 별관 정원을 가로질러 원래 목적지인 본관으로 갔다. 슬슬 다리가 무거워질 무렵, 마침 조현화랑 부스가 입구 가까이에 있어 발품을 팔지 않아도 되었다. 여기서부터는 남편 고유의 영역이다. 사람들에 둘러싸여 사진 찍기 바쁘다.

부축하던 손자, 아들, 며느리는 어느 틈에 뿔뿔이 사라지고. 나도 슬그머니 꽁지를 뺀다. 내 맘대로 그림을 볼 작정이다. 옆 부스에 김종학의 꽃 그림 소품 스무 점이 가지런히 걸려 있다. 꽃보다 아름다운 꽃 그림이다. 작가의 침묵을 아는지라, 그의 꽃을 보면 슬픔이 보인다. 나는 태생적으로 서정적인 작품을 봐야 마음이 흔들리는 모양이다.

서울로 돌아오는 기차 안에서 나는 핸드폰을 꺼내 들고 검색을 시작한다. 빌 비올라의 작품 세계가 못내 궁금했기 때문이다. 작가의 프로필은 화려했다. 대학에서 실험영상학을 전공했고, 전미예술과학아카데미 회원이기도 한 그는 일본 여행 중 선불교를 접하고 자기 예술의 작업 이론을 세웠다고 한다. 그의 작품에서 느꼈던 동양적인 체취가 조금 이해되었다. 카메라의 고도 기술을 바탕으로 '영상의 느림효과'를 안착시킨 작가라니, 내가 본 하나의 점이 사람의 모습으로 확인되던 그 기나긴 과정이 이해됐다.

무릇 세상의 모든 예술가는 하나같이 자신만의 과정을 거치게 마련이다. 오솔길을 지나고, 계곡을 건너고, 진창길과 자갈밭을 헤매기도 한다. 때로는 막다른 골목과 마주치고, 밀밭이 펼쳐진 대로를 신나게 걷기도 한다.

어디 예술가만 그럴까? 삶을 살아가는 우리 모두는 사정이 다 비슷하다. 언제, 어디쯤일까, 어떤 언덕에 올라 한숨 돌리고 있을 때가 있을 것이다. 그러나 그 언덕이 비록 예전에 올랐던 언덕과 비슷하다 해도, 그 언덕은 결코 동일한 언덕이 아니다. 어제의 나는 오늘의 내가 아니다. 우리들 보통 사람들의 눈에만 비슷하게 보일 뿐이다. 평범한 사람들은 그 과정을 알 수도, 알 필요도 없으니 오히려 마음이 편하다.

미안해요, 빌 비올라. 내 몸속에는 이성보다는 감성이 지배하고 있어 아무리 당신이라 해도, 첨단 기술의 미디어 예술은 당최 친숙해지지 않네요.

아날로그 세대인 나는 손끝으로 전해지는 느낌을 좋아한다. 작품을 대할 때 작가의 아이디어가 드러나면 그만 흥미를 잃어버린다. 구닥다리라 그런가 보다. 그래도 이상하지? 나는 왠지 비올라의 전시실을 빠져나온 후 눈 속을 허덕지덕 걸어오던 남자가 어찌 되었는지 알고 싶다. '웅 우웅' 하고 깊게 울리던 소리도 계속 귓속에서 맴돈다.

누가 물으면 너무 좋은 전시였다고 입바른 소릴랑은 접어
두고 그저 모른다고 할 작정이다.

살다 보면

아이 캔 스피크 잉글리시

애즈 순 애즈 파서블? 중학교 졸업 정도라면 이 영어를 모를 사람은 없으리라.

나는 영어를 못한다. 아주 간단한 생활 영어도 입 밖으로 내뱉지 못한다. 이유는 간단하다. 남들 공부할 때 땡땡이를 쳤기 때문이다. 그게 무슨 자랑거리냐고 핀잔을 줘도 할 말은 없지만, 그놈의 영어가 학창 시절의 나를 얼마나 괴롭혔는지 이번 기회에 밝히고 싶다.

처음 알파벳과 만난 것은 청주여자중학교로 전학 간 첫 시간에서다. 우리 가족은 6.25전쟁 초기 진해로 피난을 갔다가 서울로 환도하던 중 무슨 사정이 있었는지 청주에 멈춰서 임시로 짐을 풀었다. 이화여중에 입학해 서울 집으로 돌아갈 날을 기다리다 뒤늦게 청주여중으로 전학을 하게 된 나는 간신히 학생 신분을 되찾았다. 입학식이 끝난 지 한참 지난 때라 교복도 없이 사복을 입고 처음 등교한 나는 교문에서부터 잔뜩 주눅이 들어 있었다. 게다가 운수 사납게 교실에 들어간 첫 시간에 생판 낯선 영어와 맞닥뜨렸다.

두 달 새 이미 영어의 기초과정이 끝나 있었고, 교과서 진도도 제법 나가 있었다. 교과서 첫 장을 펼쳐놓고, 반 아이들이 내지르는 '왓 이즈 디스?'를 멍청히 들으면서 이 난관을 어떻게 모면해야 할지 몰라 머리가 터질 듯했다. 유일한 과외 선생이었던 아버지는 그때 이미 엄마와 동생을 데리고 강원도로 돈 벌러 떠났고, 할머니와 단둘이 남겨진 내게는 마땅히 도움을 줄 사람이 없었다. 어려서는 낯가림이 심해 친구도 잘 사귀지 못했고, 친구가 있다 한들 내게는 알파벳을 모른다고 도움을 청할 배짱이 없으니 그야말로 고립무원이었다.

언제라도 영어 공부를 다시 시작해볼 기회가 있었을 테지만 아이 셋 키우는 엄마 역할을 핑계 삼아 늦깎이 공부는 모르쇠 하고 건강이 최우선이라며 운동에만 열을 올렸다. 그 결과 머릿속은 텅 비고 몸집만 탱탱한 50대의 건장한 중년으로 변모해갔다. '영어 못한다고 죽기야 하겠냐?'며 뻔뻔하게 큰소리치면서 말이다. 그런데 차츰 이름이 알려지는 화가 남편의 전시회 때문에 여행 갈 일이 빈번해지고, 죽을 일까지는 없어도 발등 찍을 일은 수시로 생겼다.

1992년, 난생처음 남편을 따라 미국 땅에 발을 디뎠다. LA의 한 공방에서 남편의 작품을 판화로 제작해 전시회를 해보고 싶다는 제의가 들어왔기 때문이다. 당시 막내딸은 UC 샌디에이고에서 심리학을 공부하고 있었다. 우리 부부는 유럽이나 일본은 뻔질나게 들락거렸어도 미국은 가볼 생각조차 안 했다. 그쪽 미술은 볼 게 없다는 게 남편의 이유였다. 그런데 무슨 조화인지 LA 아트페어에 한번 참가하고 온 남편이 이번에는 딸도 보고 판화라는 새로운 장르에 도전도 할 겸 선선히 미국으로 가자고 했다. 아참, 내가 남편도 영어를 못한다는 걸 실토했던가?

LA에 도착해 코리아타운 호텔 로비에 들어서니, 꼬챙이처럼 마른 동양 아이 하나가 달려왔다. 딸이었다. 집에서는 쉽지 않던 다이어트가 도리어 기름진 나라 미국에서 성공한 듯했다. 들어보니, 샌디에이고 대학 근처에는 대중교통편이 없어 자가용이 없던 딸은 캘리포니아의 따가운 햇살 아래 종일 걷거나 자전거를 타고 다녔다고 한다. 성미 급한 남편은 딸에게 당장 차를 한 대 사줘야겠다고 했다.

LA에는 이민 온 홍대 졸업생들이 많아, 차가 필요하다는 스승의 말이 떨어지기 무섭게 제꺽 일이 처리되었다. 한국 유학생이 몰던 도요타 빨간색 투 도어가 고작 3만 킬로미터 뛴 상태로 우리 손에 저렴하게 들어왔다.

다음 날 우리 세 식구는 딸이 사는 샌디에이고에 가기 위해 그 차에 올랐다. 딸이 조수석에 앉고 천장 낮은 뒷좌석에는 뚱뚱한 남편이 탔다. 운전대는 당연히 베테랑 운전사인 내 담당이었다. LA 시내를 벗어나 샌디에이고로 갈라지는 10번 도로 입구까지는 남편의 제자가 자기 차로 에스코트를 해준 덕에, 뒷좌석에 앉은 남편만 긴장으로 입을 꽉 다물고 있었을 뿐, 내 운전에는 전혀 문제가 없었다.

두 시간 만에 샌디에이고 대학 근처에서 미국인 서너 명과 셰어하고 있는 딸의 집에 도착했다. 햇볕도 안 드는 허름한 집에서 맨바닥에 슬리핑백을 깔고 궁색하게 지내고 있었다. 딸의 거처를 옮기는 게 급선무였다. 당장 주차장에, 꽃밭을 갖춘 단층 아파트를 구해, 침대며 가구들을 새로 들여놓고 남편은 판화를 제작하러 LA로 돌아갔다. 나는 딸의 새집에 남아 한가로이 차를 끌고 가까운 주변을 돌아보고, 남의 집 정원도 엿보며 설렁설렁 동네 산책을 다녔다.

그러던 어느 날 딸이 차의 엔진오일 경고등에 불이 켜졌다며 내게 물었다.

"엄마, 할 일 없는데 차 끌고 수리 센터에나 다녀오실래요?"

속으로 찔끔 했지만 겉으로는 태연하게 대꾸했다.

"못 할 것도 없지. 근데 영어를 못하잖아?"

"걱정 마세요. 내가 써줄 테니까 보여주기만 하세요."

딸은 전화로 예약을 마치더니 업체가 가까운 데 있다고 했다.

"심심하던 판에 잘됐네!"

말은 호기 있게 했지만, 사실 자신은 없었다. 하지만 어쩐지 내 배짱을 시험해보고 싶은 생각이 들었다. 어렸을 때부터 꿈틀대던 내 안의 호기심과 모험심이 무턱대고 고개를 내민 것이다.

그런데 가깝다던 수리 센터가 꽤 멀리 있었다. 한국에서의 거리감과 미국에서의 거리감이 다른 탓이었다. 지도만 들고 찾아간 그곳은 한국 공업사와 모양새는 별반 다르지 않은 작은 작업장이었다. 엉거주춤 안을 둘러보는데 수리 중인 차 밑에서 한 사람이 꾸물대며 나왔다. 순간 멈칫했지만, 나는 만국 공통어인 함박웃음으로 딸이 써준 메모지를 그의 앞에

아이 캔 스피크 잉글리시

들이밀었다. 동네 아저씨 같이 친근해 보이는 멕시코인이었다. 그는 작업장 옆의 사무실 소파에 나를 앉혀놓더니 곧바로 하던 일로 되돌아갔다. 금방 끝날 것 같지 않아 보였다.

말 한마디 못하고 멀뚱히 기다리는 동안 머릿속에는 온갖 영어 단어들이 두서없이 소용돌이쳤다. 딸한테 늦어진다고 전화를 해야 할 텐데 바로 앞 벽에 붙은 전화기는 사용할 줄을 모르니 그림의 떡이었다. 헬멧과 보안경으로 무장한 주인장의 주의를 끌어보려고 나는 사무실을 나와 이리저리 부산하게 돌아다녀보았지만 묵묵히 일만 하는 그는 내게 눈길조차 주지 않았다. 포기하고 사무실로 돌아와 소파에서 잠시졸다 깨니 그 사이 우리 차 점검이 끝나 있었다.

그런데 엔진오일을 바꿨다고 끝이 난 게 아니었다. 주인장은 바닥에 나뒹그러져 있는 차의 부속을 가리키며 알아들을 수 없는 설명을 한참 늘어놓았다. 눈치를 보아하니 부속이 망가져서 새것으로 바꿔야 한다는 것 같았다. 전문가가 그렇다는데 내가 반대할 이유가 있나? 시간이 많이 늦었으니 당장 바꿔달라고 손짓 발짓 다 동원해보았지만 이놈의 멕시코 주인장은 고개만 설레설레 흔들 뿐이었다. 요는 수수료가 백 불이 초과되는데 동의하느냐고 묻는 건데, 백 불도 없어 보이나 싶어 지갑에서 돈을 꺼내 그 작자의 눈앞에서 마구 흔들었다. 하지만 여전히 못 믿겠다는 눈치였다. 기껏 서울에서부터 들고 간 《여행자를 위한 영어회화》는 트렁크 안에 곱게 놔두고, 뭘 믿고 빈손으로 와 이 지경을 당하나 싶어 울화가 불끈 솟았다.

그때 예기치 못한 일이 일어났다. 내 입에서 생전 입에 담아본 적 없고, 학창 시절 그저 벼락치기로 달달 외웠을 '애즈 순 애즈 파서블'이 외마디로 툭 튀어나온 것이다. 그 한 마디에 우거지상을 하고 있던 주인장이 갑자기 파안대소하며 나를 번쩍 안을 기세로 달려들었다. 내가 자기 말을 다 이해했다고 드디어 확신한 모양이다. 내 양쪽 어깨가 저절로 으쓱 올라갔다.

뒷얘기는 굳이 안 해도 눈치 챘으리라. 자동차는 말끔하게 수리됐고 나는 그의 손에 백 불을 쥐어줬다. 밖은 이미 어둠이 내려앉아 있었고, 낯선 길을 달려 집으로 돌아가야 하는 일이 또 미션처럼 남아 있었지만, 내 마음은 새털처럼 가벼웠다.

호들갑을 떨며 수인사를 주고받고 차에 오르는데 이 멕시코 사나이가 잠시 기다리라더니 뭔가를 들고 나와 선물이라고 주었다. 나는 들뜬 분위기에 밀려 땡큐를 연발하며 그곳을 빠져나왔다. 집에 도착하니, 딸이 죽었던 사람 살아온 듯 반겼다. 실종신고 내기 일보 직전이었단다. 나는 선물로 받아온 꽃무늬 종이우산을 활짝 펴 들고 왈츠 스텝으로 빙글빙글 돌면서 '애즈 순 애즈 파서블'을 큰 소리로 외쳤다.

내 안의 낯선 나

나는 어려서 밤중에 뒷간 가는 것 말고는 딱히 무서움을 탄 기억이 없다. 자라는 내내 추리소설이나 공포영화를 즐겨 보았고, 실제로도 모험을 두려워하지 않았다. 그런데 이상하게 요즘 들어 별거 아닌 일에도 잘 놀란다. 이사한 지 얼마 안 되어 익숙하지 않은 환경 탓이려니 했지만, 시간이 지날수록 더 빈번해져 납득이 안 된다. 왜 늦은 나이에 새삼스레 놀랄 일이 일어나는 걸까? 왜 갑자기 헛것이 여기저기서 출몰하는 걸까?

언젠가 새벽에 화장실 가려고 방문을 열었다가 기절할 뻔했다. 희뿌연 어둠 속에 중절모를 쓴 시커먼 사람이 바로 눈앞에 버티고 있었기 때문이다. 내 입에서 "억"하는 외마디 비명이 터져 나왔다. 곧 밝혀진 그의 정체는 하필 그날 1.5미터 코앞 정면 옷걸이에 반듯하게 걸어놓은 남편의 검은색 외투와 모자였다.

스스로의 그림자를 보고 놀란 지는 이미 오래되었다. 잠결에 커튼 사이로 어둠을 비집고 들어와 벽에 희미하게 어른거리는 도로의 자동차 불빛을 보고 등골이 서늘해진 적도 한두 번이 아니다. 무서운 것 없다고 큰소리치던 내가 헛것 보고 놀라 자빠질 줄 누가 상상이나 했겠는가?

지금의 새집으로 이사 오기 전 우리 부부는 고층아파트의 29층에 살았다. 뒤로는 나지막한 매봉산이 병풍처럼 아늑하게 감싸고 앞으로는 남산과 관악산이 한눈에 들어오는, 경치가 좋은 곳이었다. 통유리 외장에 방마다 설치된 베란다가 자랑거리였지만 나는 확장공사를 한답시고 그 멀쩡한 베란다를 전부 뜯어내고 유리벽에 이중창을 설치했다.

일반적으로 아파트는 실내공간이 네모반듯하기 마련이지만 이 아파트는 한 층에 평수가 다른 네 가구가 소위 '타워형' 구조로 배치되어 우리 집의 경우 방과 거실의 한쪽 벽이 사선으로 잘렸다. 이중창을 설치할 때 그 삐딱한 벽면을 반듯하게 만들다 보니 유리벽과 이중창 사이에 삼각형의 쓸모없는 작은 공간이 생겨났다.

살다 보면

가뭄과 함께 본격적으로 더위가 시작된 7월의 어느 날, 평소처럼 남편은 오전 10시쯤 작업실로 나가고, 나는 미뤄왔던 대청소를 시작했다. 이중창 안쪽의 얼룩을 닦으려고 창틀에 선뜻 올라선 나는, 유리벽에 등을 대고 걸레 든 왼팔을 길게 뻗다가 이중창 손잡이를 잡고 있던 오른손에 힘이 들어가면서 그만 문이 철컥 닫혀버렸다. 손잡이를 돌려보았지만 꼼짝도 하지 않는다. 이중창은 보안상 안쪽에서만 열 수 있게 되어 있다는 것을 까맣게 잊고 있었다. 창과 창틈에 샌드위치처럼 끼어버린 것이다.

핸드폰은 수중에 없고 남편도 방금 나갔으니 적어도 아홉 시간은 나를 구해줄 사람이 없다. 간신히 고개를 돌려 아파트 정원을 내려다보니 아름답고 평화로웠다. 입구에 경비실이 보이고, 소독 장비를 둘러매고 정원 사이를 분주하게 오가는 정원사들도 보였다. 순간 속이 울렁울렁 메스꺼워지고, 머릿속도 하얘졌다. 그 와중에 한줄기 상큼한 바람이 불어와 달궈진 내 얼굴을 식혀주었다. 그나마 등 뒤 외벽에 이십 도 각도로 들려 있는 창문이 있어 질식해 죽을 상황은 아니었다.

달리 뭘 해야 좋을지 몰라 들고 있던 걸레로 창문의 얼룩을 마저 닦았다. 그러다 퍼뜩 정신이 들어 옆집을 향해 소리를 지르고 팔을 뒤로 꺾어 노란 걸레를 창밖으로 흔들었다.

물론 들릴 리도 없었고 걸레를 손에서 놓치면 내게는 아무것도 남아 있는 게 없다는 것을 깨닫고 화들짝 놀랐다. 얼결에 팔을 거두어들이고 한동안 멍하니 있다가, 다시 단단히 움켜쥔 걸레를 창밖으로 내뻗고 팔이 아플 때까지 흔들기를 반복했다. 큰 기대를 할 수 있는 상황은 아니었다.

그런데 기적처럼 나의 구조신호를 알아챈 사람이 있었다. 까마득히 높은 창문에서 나풀나풀 흔들리는 노란 물체가 정원사의 눈에 띈 것이다. 이상하게 생각한 정원사가 아파트 보안요원에게 통보했고, 경비원들이 대략의 위치를 가늠해 28층부터 30층까지 인터폰으로 일일이 각 세대에 확인을 했다. 우리 집에서만 아무 반응이 없었던 것은 물론이다. 앞 동에 사는 며느리가 연락을 받고 놀라서 뛰어와 현관을 열고 창문의 잠금 장치를 풀고 보니 정확히 한 시간 사십 분이 흘러 있었다. 쓰러질 것을 대비해서 내어준 경비원의 등을 가볍게 밀치고 바닥으로 폴짝 뛰어내린 나는 땀을 좀 흘렸던가? 며느리가 내 입에 냉수 한 컵을 들이댔다.

모두들 돌아간 뒤에 나는 책상에 앉아 컴퓨터를 켰다. 그런데 마우스가 작동하지를 않았다. 컴퓨터와 씨름을 하다 시계를 보니 잠깐이었던 것 같은데 서너 시간이 흘러가 있었다.

널빤지와 대걸레, 캔버스 위에 유화 물감, 1982

이상한 일은 그뿐이 아니었다. 잠시 나갔다가 들어오는데 현관 비밀번호가 생각나지 않아 한참을 집 밖에 우두커니 서 있었다.

그날 저녁에 샤워를 하고, 남편의 작업실에 가서 보수공사 과정을 참견하고, 식당에서 저녁을 먹고, 운전을 해서 집에 오는 것까지는 몸이 알아서 습관적으로 해냈지만, 내 의식은 창틈에 갇힌 채 돌아오지 않은 것 같았다. 두 시간 가까이 갇혀 있었는데 내가 체감한 시간은 십 분 정도였으니 도대체 나에게 무슨 일이 벌어진 것일까?

창에 끼어 노란 걸레를 흔들고 있을 때 어쩌면 꿈을 꾸고 있었는지도 모른다. 꿈속에서 나는 어린 아들과 딸의 손을 잡고 집을 찾아 헤매었다. 갈수록 길은 좁아지고 옆을 보니 깎아지른 절벽 밑으로 푸른 바다가 끝없이 펼쳐져 있었다.

옴짝달싹 못하는 공간에서 오직 시간과 사투를 벌여야 했을 때, 내 뇌가 선택한 방법은 백일몽이었던 것 같다. 상황을 비현실적으로 받아들여서라도 그 시간을 버틸 수 있게 뇌가 정신을 다른 세상으로 피난 보낸 것 아닐까? 그렇다면 내가 지금 헛것을 보기 시작하는 것도 죽음이라는 위협과 관계가 있으려나? 심리학을 공부한 딸에게 요즘 헛것이 보인다고 푸념하니 그건 노란 걸레 사건과 상관없는 노화의 과정인 것

살다 보면

같다고 말한다. 논리적 판단과 추론 과정에 전력했던 전두엽이 약해지자, 그 약해진 공간에 이미지로 쉽게 연상되는 것들이 따라붙는 것 아니겠냐고 전문가답게 말한다. 하지만 여전히 나는 좀 무섭다.

　근래에 우리 부부는 CT촬영을 하고 왔다. 깜박깜박 건망증도 심하고, 헛것도 보이고, 망령들 나이도 되었으니 머릿속이 어떻게 돌아가고 있나 내심 궁금했던 터이다. 의사의 진단은 간단했다. 남편은 객관적 인지장애, 나는 주관적 인지장애가 진행 중이란다. 간단히 말해, 남편은 남이 보기에도 이상하고, 난 멀쩡한데 스스로 이상하다고 안달을 한다는 것이다.
　별수가 없겠다. 백일몽에 익숙해지고 허깨비와 친하다 보면 이럭저럭 노년이 끝나겠지.

버킷 리스트 1

난데없이 신문사로부터 글을 써달라는 전화를 받았다. 5월,
매주 일 회 네 편의 글이 필요하단다.

가끔 화가의 아내는 어떻게 사는지 대놓고 궁금해하는
사람들이 없잖아 있다. 화가가 별난 구석이 있는 건 사실이지
만, 사는 것은 다 엇비슷하기 마련이라 딱히 흥미를 끌 만한
얘기는 찾기 힘들게다. 그렇다 해도, 좋은 신랑감 마다하고 왜
가난한 화가를 선택했는지, 또 가난한 살림은 어떻게 꾸렸는
지, 살면서 후회한 적은 없는지, 그런 것이 궁금하다면 아주
할 말이 없는 것은 아니다.

전화를 받고 나서 은근히 반기는 마음도 끼어들었다. 남
편 흉을 대놓고 볼 수 있으니 이보다 신나는 일이 또 어디 있
을까? 그래서 전에 써두었던 글을 지면에 맞게 줄여서 네 편

살다 보면

을 보내주었다. 아마추어 글이니 좀 봐주려니 했는데 담당 기자에게서 전화가 왔다. 같은 소재라 지루하니 한 편 정도는 남편 얘기 말고 다른 것을 써보라고 했다. 그렇잖아도 글 쓰는 내내 뒷골이 당겼는데, 막상 기자의 정확한 지적을 받고 나니 그나마 남아 있던 자신감마저 확 떨어졌다.

급한 김에 외국 여행 중인 딸에게 원고를 보내고 피드백을 부탁했다. 그쪽은 밤일 텐데 득달같이 답이 돌아왔다.

"아빠 명성 뒤에 숨어서 어물쩍 넘어가려 하지 말고 아빠의 얘기를 쓰더라도 엄마의 생각과 시선이 강하게 드러나야 해요. 그러면 아빠 얘기라 할지라도 엄마 얘기가 되는 거예요."

백 번 곱씹어도 옳은 말이다.

그러니까 딸 얘기는 내가 남편 명성을 우려먹고 있다는 거네. 갑자기 자존감까지 확 떨어졌다.

결혼하고 바로 큰아이가 들어서자 난 입덧 핑계대고 다니던 대학을 미련 없이 때려치웠다. 학업을 포기한 것은 그렇다 치고 뒤늦게라도 마음만 먹으면 다시 그림을 그릴 수도 있었는데, 이만하면 꽤 괜찮게 살았다고 안주해버린 것은 나 자신이었다. 내 딸내미가, 평생 부엌을 벗어나지 못한 채, 빨래

하고 밥하고 저희들 뒤치다꺼리만 해온 엄마에게 이제 엄마의 인생을 살라고 한다.

여러 날을 낑낑대다 할 수 없이 담당 기자에게 전화를 했다. 남편 얘기 말고는 쓸 만한 게 없다고….

젊은 기자가 친구 얘기를 써보면 어떻겠냐고 웃으며 조언을 해주었다. 그것도 결국 남편의 친구 얘기긴 마찬가지였다. 딸이 보낸 메일을 다시 읽어보았다. 같은 얘기라도 엄마의 시선으로 본 것을 쓰라는 얘기다. 당장 뇌 구조가 바뀌지 않는 한 어려운 주문이다.

결국 기자가 원하는 글은 아쉽게도 쓰지 못했다. 그러나 여기서 단념하긴 이르다고, 포기하지 말라고 내 안의 내가 소리친다.

단언하건대, 난 죽기 전에 신나게 글을 써보고 싶다. 더 욕심내자면 그림도 다시 그리고 싶다. 그리하고도 또 남은 욕심이 있다. 나의 작은 그림들을 모아 전시회도 열고 싶다. 아니면 글과 그림을 모아 자그마한 화집을 꾸며보고 싶다.

버킷 리스트 1이다.

붓과 페인트 통, 캔버스 위에 유화 물감, 1986

꽃의 영광이여…

듣자 하니, 올해 안으로 고령 운전자의 면허증을 회수한다는 소문이 돌고 있다. 허긴 내가 핸들을 잡으면 열 명 중 아홉이 펄쩍 뛴다. 뭘 어쨌다고? 어이가 없다.

운전 실력으로 말할 것 같으면, 막내딸이 광화문에 있는 경기여고에 다닐 때 합정동에서 광화문까지 팔 분 만에 날아가, 서서히 닫히는 교문 틈새로 딸을 밀어넣기를 밥 먹듯 한 사람이다. 그래도 사고 한 번 내지 않았고, 지금까지 녹색 운전면허증을 소지하고 있단 말이다. 거듭 말하거니와, 난 36년 경력의 무사고 운전자다.

내가 운전을 하기로 결심한 것은 삶에서 성취감을 가질 만한 도전이 필요했기 때문이다. 나 혼자 스스로 뭘 해낼 수 있나 확인하고 싶었고, 이왕이면 남편이 할 줄 모르는 것 중에서 선택하고 싶었다. 그때 고른 것이 자동차 운전면허 시험이었다.

필기와 코스를 첫시험에서 보기 좋게 통과하고 의기양양, 주행까지 죽 이어질 줄 알았는데, 아뿔싸, 버뮤다 삼각지대가 거기 있었다. 주행 시험장에만 들어가면 다리가 후들거리고, 머릿속이 하얗게 되었다. 간신히 운전석에 앉아 바퀴가 굴러가기 시작하면 득달같이 실격 호루라기가 울려 퍼졌다.

그러나 내가 또 누구인가? 매번 주행 시험에 떨어졌어도 다시 떨치고 일어나 바로 응시를 했고, 그렇게 매달 한 번씩 시험을 쳐서 열한 번을 낙방했다. 1년이 지나면 재시험 자격이 사라지기 때문에 그동안 기세 좋게 단번에 통과한 필기와 코스 시험을 다시 봐야 한다. 그 절체절명의 마지막 시험장에 친구가 동행했다. 그는 미리 준비한 신경안정제를 내 입에 털어넣어 주었다. 그게 효력이 있었는지 갑자기 마음이 편안해지며 만사가 느긋해졌다. 옆에 앉은 시험관이 나달나달 떨어진 내 응시서류를 보고 씨익 웃는 것까지 보였다. 드디어 나는 열두 번째에 대망의 면허증을 손아귀에 움켜쥐게 되었다.

친구는 1종 면허증 소지자로 트럭까지 몬 베테랑 운전사였다. 아들 둘에 딸 하나를 둔 대한민국의 아줌마로, 20년 경력의 미용사이기도 하고, 종로에서 잘 알려진 당구장 사장이기도 했다. 키는 작달막하고 머리숱이 무성한 친구는 조붓한 이마에 낮은 콧대로 수더분한 얼굴이었지만 쌍꺼풀진 까만 눈은 범상치 않았다.

그 친구가 스스로 내 위태로운 차에 올라타 운전 연수를 해주었을 때 나는 그것이 얼마나 위험한 일인지 모른 채 당연시하고 있었다. 그러나 알고 보니 연수는 아무나 하는 게 아니었다. 목숨이 걸린 일이라 좌석에 동승한 사람은 누구나 신경이 곤두서고 말이 험해진다. 다급하면 쌍욕을 퍼부어대긴 했지만, 그 친구는 나를 일사천리 고속도로에까지 진출시키며 운전 코치로도 달인의 경지를 보여주었다.

내 남편은 나보다 한발 늦게 면허를 땄다. 선배인 내가 가르칠까 했지만, 그냥 그 스트레스는 돈 주고 강사에게 맡겨버렸다. 남편은 험한 운전자로 정평이 나 있다. 오죽하면 아이들 셋, 그리고 돌아가신 시어머니까지 살아생전 그가 모는 차에 올라타길 꺼려했을까. 애초에 선생이 그리 가르쳤을 리 만무하고, 오로지 그의 급한 성격 때문이리라.

처음에 길을 잘 들여야 자동차 수명도 오래가듯이, 운전자도 첫 연수 때 단추를 잘 끼워야 한다. 운전 스타일이 한번

살다 보면

정해지면 그 습관은 평생가는 법, 친구와 함께 끼운 내 첫 단추는 완벽했다.

그리고 마침내 오토매틱 '포니 2'를 샀다. 곧장 차를 끌고 나가도 될 것 같아, 발바닥 감각을 살린답시고 신발도 벗어 던진 채 홀로 의기양양 포니를 처음 끌고 나간 날, 나는 그만 교통사고를 내고 말았다. 여의도 어디쯤의 사거리에서 택시와 부딪쳤는데, 상대도 친구 대신 영업용 차를 운전 하던 초보기사였다. 친구에게 구조 요청을 했고, 그가 한달음에 뛰어와 차 두 대를 갓길에 세우고 침착하게 상대 운전자와 합의를 보기 시작했다. 그런 친구를 나는 멀찌감치서 넋 놓고 쳐다만 볼 수밖에 없었다.

이 전천후 친구를 만난 건 수영장에서였다. 마흔 살이 되던 1979년은 내 삶의 큰 변곡점이었다. 오로지 살림에만 매달려 있던 내가 큰아이 대학 입학식에 다녀온 후, 종로에 있는 YMCA 어머니 수영반에 등록한 것이다. 우물 속 개구리가 처음 밖으로 튀어나온 셈인데, 일주일에 세 번 수영복 싸 들고 집을 나서는 것이 당시로서는 생애 최초의 나만을 위한 시간 투자였다. 종로 한가운데서 헤엄치며, 친구를 사귀고, 세상 물정도 배우며, 자신감을 되찾는 동안, 오랜 방치로 망가진 몸매가 서서히 근육으로 채워지기 시작했다.

꽃의 영광이여…

그동안 소식없이 지내던 친구로부터 어느 날 전화가 걸려왔다. 옛날처럼 우리는 종로 뒷골목에서 만나 점심을 먹었다. 오랫만에 보는 친구는 풍성했던 머리숱도, 빛나던 건치도 다 빠지고, 까칠한 피부에 피곤한 기색만 역력했다. 친구의 남편은 뇌졸중으로 쓰러져 휠체어를 타는 신세가 되었고, 둘이 서울 근교 작은 아파트에서 산다고 했다.

남편이 쓰러진 후 곧바로 장애인활동보조 자격증을 딴 친구는 나라에서 주는 보조금을 받아가며 남편을 간병하고 있단다. 자존심 하나로 버티고 있다는 걸 알기에, 여전히 씩씩한 척 구는 친구에게 차마 사는 게 고달프냐는 질문조차 하지 못했다. 헤어질 때 지하철 입구를 향해 걸어가는 친구의 뒷모습을 보며 왠지 다신 못 볼 것 같은 방정맞은 생각마저 들었다. 나는 주차장에서 한참 머뭇거리다 차에 올랐다.

차가 급정거 할 적마다 욕 얻어먹고 엉덩이 들썩이며 깔깔대던 옛날처럼, 조수석에 친구를 태우고 집까지 바래다줬어야 하는데, 후회가 된다.

한때는 그리도 찬란한 빛이었건만
이제는 속절없이 사라진
다시는 돌아올 수 없는

　　　　　　　　　　　　　　　　　　　　　살다 보면

초원의 빛이여, 꽃의 영광이여!

— 월리엄 워즈워스

음식으로 말하자면…

요즘은 천지사방에 널린 게 먹거리다. 먹자골목도 수도 없이
많고, 동네 슈퍼에도 과일이건 야채건, 종류가 하도 많아 무
엇을 바구니에 담아야 할지 고민이다. 그뿐인가? TV를 켜도
허구한 날 먹는 타령으로 채널마다 도배를 한다. 선남선녀가
마시고 씹고 삼키는 모습을 보고 있으면 즐겁다기보다 도리
어 죄책감이 든다. 이런 먹방 분위기에서는 누구라도 음식 앞
에서 끼적거리거나 젓가락으로 일용할 양식을 헤집어놓으면
혼구멍을 낼 태세다. 그러나 혀를 너무 오래 사용하여 제 기
능을 다 소진해 본의 아니게 식욕을 잃은 나 같은 사람은, 유
명한 셰프의 손끝에서 탄생한 요리나, 내가 집에서 주물럭거
려 만든 음식이나, 맛에 차이를 못 느끼니 안타까운 일이다.

며칠 전 TV에서 요즘 핫한 셰프 이연복이 출연하는 예능 프로를 봤다. 〈현지에서 먹힐까?〉 시즌 2인 미국 편이었다. 채널을 이리저리 널뛰듯 밟다가 우연히 봤는데 요즘 말로 깜놀했다. 우리 음식을 미국 사람들이 잘 먹어서 놀랜 게 아니고, 이연복이라는 사람의 새로운 면모에 감탄했다는 얘기다. 잘생긴 젊은이들과 예쁜 여자들로 넘치는 연예계에서 이연복처럼 평범한 외모와 나이로 시선을 끌기란 쉽지 않다. 그런데도 세상일에 무심한, 특히 사람 얼굴을 쉽게 분간 못하는 나 같은 사람의 눈에 꽂혔다는 건 의미심장한 것이다.

　　그를 진작에 유명하게 만든 〈냉장고를 부탁해〉는 어쩌다 보게 돼도 별 관심없이 흘려버렸는데, 그건 제작진 책임이리라. '누가 누가 잘하나' 어린이 프로처럼 치기 어린 경쟁심을 부추기고 흥미 위주로 만들다 보니 이연복의 본모습을 보여줄 기회가 없었던 것 같다.

　　우리 집 주방에서 가스레인지를 안 쓴 지는 꽤 오래되었다. 나이 들자 걸핏하면 레인지에 올린 곰국이나 먹다 남은 김치찌개를 태워 먹어 궁여지책으로 인덕션레인지로 바꾼 것이다. 기존에 쓰던 냄비는 모두 버리고 새 냄비로 바꾸는 번거로움을 감수해야 했지만, 열 전달이 좀 느리긴 해도 음식이 끓어 넘치거나 태워먹는 일은 줄었다. 그런데 이연복 셰프의 손에서 자유자재로 춤추는 '웍'의 묘기를 보니 휙 내다버린 웍이 새삼 아까웠다. 인덕션레인지는 '불맛'을 볼 수 없다.

오랫동안 한 가지 일을 반복하면 능숙해지는 건 당연하고, 또 그런 장인들은 도처에서 볼 수 있다. 그런데 가끔 그 단계를 넘어섰다고 생각되는 사람이 있다. 예전에 집 수리할 때 만났던 장 목수도 그런 분이었는데 일할 때 보면 목재와 대패와 인체가 혼연일체가 되어 우아한 춤사위를 보는 듯했다. 그 후로는 웬만한 장인은 눈에 차지도 않았다. 그랬는데 TV에 나온 이연복을 보고 갑자기 내 눈이 다시 번쩍 뜨인 것이다.

웍 속에서 음식 재료와 국자가 파도타기하듯 공중제비 할 때에 이연복의 모습은 오케스트라의 지휘자처럼 손놀림이 현란하다. 손뿐만이 아니라 머리부터 발끝까지 흥에 겨운 리듬이 물결친다. 윤기 자르르 흐르는 갈색의 짜장 소스가 이역만리 떨어진 곳에서 화면을 보고 있는 내게 맛의 기억을 불러내 코끝에 짜장면 냄새를 풍겨준다. 어느새 내 턱은 툭 떨어져 있고 입에 침이 고여 있다.

그분의 음식 맛에 대해서는 먹어보지 못했으니 가타부타 말할 자격이 없다. 하지만 내 무뎌진 혀로도 그의 손으로 만든 음식이 먹고 싶으니, 눈으로 보는 것만으로도 미각이 살아나나 보다.

내 딸이 그러는데, 뇌의 감각 영역들이 광범위하게 상호 연결되어 왕성하게 상호작용한다는 과학적 증거가 있고, 그래서 순수하게 시각적이거나, 순수하게 미각적인 것, 혹은 순수한 어떤 것이 있다고 하기 어렵다고 한다. 예를 들어, 맹인이 된 피아니스트가 빗소리를 듣고 풍경을 보는 일이 발생한다. 능력을 잃게 된 감각 피질이 대체 감각 기능에 의해 활성화될 수 있다는 이야기다. 후천적으로 감각을 잃어도 그 감각의 기억은 갖고 있는 사람들 경우지만, 선천적 맹인인데도 혀를 이용해서 시각을 시도해 일부 성공을 거둔 경우도 있다니, 참 신기한 노릇이다.

아직 시력이 좋은 내 눈이 본분을 잊은 내 코와 혀를 대신해, 사력을 다해 음식 맛을 읽어내다니… 아이구! 감사합니다. 세상을 맛볼 수 있는 시력을 여전히 남겨주셔서….

흰머리 홀씨

나이 먹으면서 자연히 줄어든 머리숱이 요 두어 달 사이에 눈에 띄게 흰해졌다. 어렵고 복잡한 문제에 부딪히면 '머리털 빠진다'는 말이 공연한 엄살이 아니다.

남편은 칠순에, 과천 국립현대미술관에서 회고전을 했다. 그로부터 20년이 지난 올해, 남들은 한 번하기도 어렵다는 회고전을 또 치르게 되었다. 5월 17일부터 9월 1일까지 국립현대미술관 서울관에서 대규모 전시가 열린다.

어쩌면 생의 마지막이 될지도 모르는 전시회라 준비 단계부터 마음이 심란했다. '국현'의 직원들이 아카이브실에 소개할 자료를 찾는다고 수시로 집을 들락거리고, 아버지의 회고록을 쓰는 딸 또한 온갖 정보를 탈탈 털려고 덤비니, 덩달아

나까지 밥 먹고 잠자는 시간 외엔 온통 그 일에 휘말렸다.

1972년부터 기록한 남편의 일기장이며, 평생 받은 지인의 편지 모음 파일만 해도 수십 권이다. 연대별로 정리한 사진첩도 족히 30권은 넘는 것 같다. 게다가 신문과 잡지기사 스크랩북까지 합치면 그 양이 어마어마하다. 그것들을 한 권씩 꺼내 필요한 자료 추려내는 일을 두 달 가까이 하다 보니, 내 머리가 그만 요 모양 요 꼴이 되고 말았다.

사실 2년 전부터 우리 부부는 이 전시회에 맞추어 자서전을 기획하고 준비했다. 그런데 대필하는 분이 자료가 방대하다는 이유로 지지부진 진척을 보이지 않았다. 그때 막내딸이 아버지의 삶에 대해 한번 써보고 싶다며 덤볐다. 주어진 시간이 짧아서 무슨 수로 쓰나 했는데, 에너지 넘치는 딸은 100미터 달리기 선수처럼 냅다 내달려 두 달 만에 초고를 끝냈다.

그래도 연대며, 지명, 이름, 일화를 남편의 기억에만 의존할 수 없어, 딸은 인터넷과 서적을 이용해 확인 작업을 하고, 나는 남편의 기억을 뒷받침할 증거를 찾아주었다. 돋보기 쓰고도 모자라 확대경을 들고 콜롬보 형사처럼 서재와 창고를 휩쓸고 다니다 문득 정신을 차리고 보니, 내 흰 머리가 온 집

안에 폴폴 날아다니는 게 아닌가? 아차 싶었지만 엎질러진 물이었다.

그러나 진짜 복병은 다른 데 도사리고 있었다. 몇 년 전부터 수면 시간이 조금 줄긴 했어도 잠 못 들어 뒤척이는 밤은 내 사전에 없었다. '베개에 머리 붙이면 코 곤다'는 표현이 내게는 더 적절했다. 그런데 그렇게 천하태평이던 내 일상에 남편의 회고록이 끼어들면서 뇌세포에 빨간 불이 켜져버렸다. 한밤중에 깨어 뒤척이는 날이 많아졌고, 급기야는 거실로 나와 TV를 켜고 멍하니 앉아 있는 날이 점점 늘었다. 처음엔 너무 피곤해서 잠이 안 오나 했는데, 잘 생각해보니 딸이 책을 쓰는 중에 느닷없이 생긴 증세였다.

오래전에 남편이 친구와 주고받은 편지를 읽고 있으면 공연히 코끝이 찡해지거나, 까맣게 잊고 있던 사연이 새삼스레 가슴을 짓누르고, 가난 속에 허덕이던 젊은 날들이 생생하게 되살아나 두렵고, 분하고, 참담해졌다. 낡아빠진 일기장엔 어김없이 '아침에 일어나 마누라가 차려준 밥을 먹었다' '간밤에 과음으로 몹시 피곤하다'는 기록으로 하루가 시작되었다. 매일 반복되는 일을 왜 기록해놓았는지 궁금해서 물으니 그게 사실이라서 기록했단다. 나는 밥이나 주는 마누라로, 자긴

술꾼 남편으로 기록을 남기다니.

　이번에 자료 찾는다고 과거를 들쑤시면서 확연히 깨달은 게 있다. 우리가 정말이라고 믿는 기억들이 실은 얼마나 어처구니없이 왜곡된 것이며 우리가 얼마나 선택적으로 기억하고 망각하는지 알게 됐다. 어느 날 막내딸이 물었다. 큰오빠가 장가가기 전 어느 늦은 밤, 우리 다섯 식구가 심하게 싸운 적이 있는데 엄마도 기억하냐고. 자기가 큰오빠랑 만나기로 약속이 되었는데 바람을 맞았고, 큰오빠가 술에 취해 늦게 들어와 종알대는 동생에게 화를 냈고, 엄마가 말리고, 아빠까지 올라와 큰소리가 나자, 부모에게 대든다고 둘째 오빠가 나서서 형의 멱살을 잡고 흔드는 바람에 콩가루 집안이 되었다는 것이다. 그러나 아들들의 기억은 또 각각 달랐다. 술이 잔뜩 취해 들어온 아버지가 엄마를 귀찮게 괴롭혀서 큰아들이 끼어들었고, 앞뒤 사정 모르는 작은아들이 형에게 대들면서 판이 커져버렸다고 했다.

　하나의 사건을 삼 남매가 제가끔 기억하고 있으니 무엇이 진실인지 알 수가 없다. 각자 입장에서 해석하고, 제 편한 쪽으로 왜곡하고, 시간이 지날수록 제멋대로 부풀려서 진실

막내딸, 종이에 연필과 수채화 물감, 2020

과 거리가 멀어지고 만다.

그런데 웬일일까? 엄마인 나는 그 일을 기억조차 못한다. 못하는 이유가 또 마음에 걸린다. 내 무의식이 그 기억을 선택적으로 지운 게 아닐까? 최선을 다해 반듯하게 살아왔다는 믿음의 근거가 도대체 어디 있는지, 지난 기억을 끌어내보니 허술하기 이를 데 없다.

휑한 내 정수리가 딸의 눈에도 걱정이 되었나 보다. 엔간히 초고가 마무리됐으니 엄만 이 일에서 손을 떼도 된다고 해서 '야호!' 환호성을 내질렀지만 영 마음이 개운치 않다. 이미 과거에 끈끈하게 매달려 있어 거기서 벗어나기가 쉬울 것 같지 않다.

나이 들면 눈물샘도 마른다던데 어찌된 일인지 옛날 일을 들춰낼 때마다 주책없이 눈물이 흘러내린다. 딸이 엄마가 평생 걸려 완성한 작품은 아빠라고, 아빠의 회고록은 엄마의 얘기라고, 그러니 힘을 내라고 위로했다. 하지만, 내가 원하는 것은 내가 믿고 살아온 것이 진짜 내 삶이었다는 확신이다. 바라건대, 빈 내 모공 속에서 새 머리카락이 힘차게 다시 솟아나길….

흰머리 홀씨   67

2
.

과거에게

그녀에겐 이름이 없다. 주민등록부에 '연일延日 정씨'라고만
기록되어 있을 뿐이다. 그 시절, 여자들은 이름이 필요치 않
았던 걸까? 시집가기 전에는 그저 '아씨'로 불렸고, 혼인한 후
에는 '마님'으로 불렸다. 무명無名에 걸맞게 존재감마저 희미
해 누구의 추억 속에도 남겨지지 못했다.

　　그런 그녀를 이제 와 기억 속에 불러내어 기록하려는 것
은 내게 남아 있는 미안함과 아쉬움 때문이다. 눈을 감으면
설핏 기운 겨울 햇살을 등에 지고, 대청마루 모서리에 기대
앉아, 백열전구에 양말을 씌워 깁다가 꾸벅꾸벅 졸던 그녀의
모습이 한 폭의 그림처럼 떠오른다.

　　1888년 충청북도 진천에서 정해일과 박 씨 사이에 무남

독녀로 태어난 '정 씨'는 양반집 규수답게 글도 익히고 현모 양처의 덕목도 갖춘 순박한 처녀였다. 넓고 반듯한 이마와 높고 쪽 곧은 콧날은 당시로선 흔치 않았는데, 예쁘다기보다는 잘생겼고, 드센 인상이었으나 처진 눈꼬리와 어설픈 입모습이 부드러웠다.

경기도 광주 태생의 세 살 어린 남원 윤씨와 결혼한 정 씨는 서울 사대문 안에서 마님 소리를 들으며 잘살았던 듯하다. 그러나 줄줄이 낳은 자식들은 어릴 때 병사했고, 남편은 금광 사업에 손을 댔다가 재산을 다 날려버렸다. 서울 땅마저 명동성당에 매각되기에 이르자 경기도 광주 분원으로 낙향하여 1929년 39세로 세상을 떠났다. 마흔둘에 홀로 된 정 씨에게는 의지할 친정도, 시집도 없었다. 슬하에 달랑 외아들 하나만이 남았는데, 그분이 바로 내 아버지다.

양반집 이대독자 내 아버진 15세 되던 해에 경복고등학교 전신인 제2 공립 고등보통학교에 합격했다. 당시 사진을 보면 아버지의 동급생들 중에는 수염 난 애아범들도 많았다. 과묵하기로 유명한 우리 할머니에게도 아들 자랑 레퍼토리가 하나 있는데, 최초로 서울 명문 고등학교에 입학한 아버지를 분원초등학교(당시 분원공립보통학교) 일본인 교장 선생이 당신 어깨에 무동을 태우고 서울행 역전까지 배웅을 했다는 애

기다.

그런데 그렇게 많은 사람의 기대를 한 몸에 받았던 아들이 그만 졸업을 코앞에 두고 자퇴를 해버렸다. 하던 공부를 박차버리고 영화감독 나운규를 따라 팔도강산을 헤매고 다녔으니 그 어머니 마음이 어떠했으랴.

1년 만에 집으로 기어들어온 아들은 반성의 표시로 연상의 처녀와 혼인을 해주었지만 신랑 역할은 '젬병'이었다. 노심초사하던 부친이 젊어 세상을 뜨자 그 역할마저 반납하고, 누님처럼 모시던 색시의 치마꼬리를 벗어났다. 그리고 철이 좀 든 24세 되던 해에 동네 이성에게 홀랑 반해 당시로선 흔치 않던 뜨거운 연애를 했으니, 두 번째 결혼이다. 작은 광주 퇴촌 근처에서 크게 포목점을 한 최부자 댁 첫째 딸이었다. 그 시절에 양반집 도련님이 중인中人 집 딸과 자유연애를 한다는 것은 동네방네 소문이 날 만한 사건이었다. 어쨌든 그렇게 새 식구를 얻은 할머니는 아이들을 줄줄이 낳은 며느리 덕분에 손주들 키우느라 정신없이 바빠졌다.

성품이 다감한 며느리는 시어머니에게 딸 같은 존재였다. 그 덕에 살림을 떠맡은 할머니 허리에는 늘 축축한 행주치마가 걸려 있었던 것을 잊을 수가 없다.

할머니와 나, 종이에 연필과 수채화 물감, 2020

가족이나 친지의 존재가 내 기억에 등장하기 시작한 것은 여섯 살 무렵부터다. 그때 할머니는 50대 중반의 건장한 중년 여인이었다. 워낙 궂은일을 도맡아 했지만, 내가 열 살 때 남동생이 태어나면서부터 할머니 역할은 더 커졌다. 우리 형제는 오로지 할머니 손에 컸다고 해도 틀린 말이 아니다.

할머니는 첫손주인 언니를 귀애하면서도 외할머니 닮은 것만은 못마땅해했다. 다섯 살이나 어린 나를 앉혀놓고, 언니라는 게 한다는 짓이 동생만도 못하고, 게으른 베짱이를 닮았다고 했다. 외할머니 닮아 명랑하고 발랄한 언니는 경망스럽고, 당신 닮아 뚱한 나는 속이 깊다고 했다. 언니를 '되바라졌다'고 생각해서 늘 "발라깽이"라고 불렀는데, 훗날 그 발라깽이 큰손녀가 청상과부의 기구한 길을 갈 것을 알았다면 차마 그렇게 부르지는 못했을 것이다. 어쨌든 내가 봐도 외할머니를 많이 닮은 언니는 할머니와는 데면데면한 사이로, 툭하면 외할머니 편에 서서 친할머니를 흉봤다.

외할머니는 내 할머니보다 다섯 살 연상으로 1885년에 태어나신 것으로 추정된다. 두 분은 하나에서 열까지 비슷한 데가 없었으니, 우선 태생부터가 달랐다. 외할머니는 상민 출신으로 일찍이 궁에 들어가 궁녀생활을 했다고 들었다. 나라가 망해가자 궁에 물건을 납품하던 포목점 최 씨에게 왕실에서 전례 없이 궁녀를 내주었고, 그렇게 두 분은 가약을 맺었다고 한다.

내 기억 속 외할머닌 언제나 비단옷을 입고 안방 아랫목 방석 위에 떡하니 앉아 긴 담뱃대를 물고 계셨다. 누군가를 부를 땐 장죽으로 딱딱 놋재떨이를 두드렸는데, 항시 대기하고 있던 세 며느리 중 한 명이 냉큼 달려오곤 했다. 좀 꾸물거리기라도 하면 불호령이 떨어졌는데, 궁에서 시녀들을 부리던 버릇이라고 했다.

눈에 들어오는 모든 사람의 흠잡기를 재미로 삼았고, 입만 열면 흔히 들을 수 없는 찰지고 창의적인 욕이 자동으로 흘러나왔다. 궁에서 사용하던 그들만의 언어인지는 알 길이 없으나 문제는 그 흠담이 걸핏하면 친할머니 정 씨를 향하곤 했다. 아마도 출신 성분에 대한 자격지심이 부추긴 일이었을 것으로 이해된다. 돈으로 살 수 없는 품격이 내 할머니에게는 있었으니까.

어느 편인가하면, 친할머닌 격이 다른 분이었다. 한동네에 살면서 사사건건 트집을 잡는 사돈을 할머니는 전혀 개의치 않았다. 원래 말이 없으신 건지 아니면 일찍 홀로되는 바람에 성품이 바뀌셨는지는 모르겠지만, 속을 드러내 보이지 않았고 뚱한 표정도 한결같았다. 이웃과 사귀는 법도 별로 없었고, 세상 돌아가는 이야기도 간간이 며느리를 통해서나 들었으며, 심지어는 아들과의 대화도 며느리를 거치기 일쑤였다. 그런데도 이상하게도 나는 그녀의 미세한 표정 변화를 잘 읽었다. 격조 있는 그녀의 유머도 나만이 이해해 혼자 미소 지었다.

물론 할머니 역시 둘째 손녀를 알아본 유일한 사람이었다. 늘 나를 괴롭히던 앞집 못된 친구 오라비를 내가 두드려 패고 들어오자 할머니가 엄마한테 말했다.

"쟤 화나면 무서운 애야."

멸치 똥 한 포를 앉은자리에서 다 따는 뚝심으로 크게 될 것이라고 했던 할머니의 평가와 인정이 나의 인내심을 키웠다면, '화나면 무서운 애야'는 언제라도 필요한 에너지를 끌어내고 어려운 문제는 정면에서 해결하는 내 스타일에 어떤 것보다도 지대한 영향을 미쳤다.

내 동생들도 다 할머니 손에서 자랐건만, 할머니를 기억하는 건 나뿐인 것 같다. 배은망덕하게도 '나머지 것'들은 잘 기억을 못한다. 이래저래 정 씨는 오롯이 나만의 할머니로 남았다.

1966년 겨울, 친정 근처 무허가 집에서 아들 둘을 키우며 살 때였다. 갑작스런 동생의 전갈을 받고 한달음에 달려가니, 할머닌 이미 마지막 숨을 거두신 뒤였다. 아직 온기가 남아 있었다. 손수 차린 아침밥을 손자하고 잘 드시고 숟가락을 놓 자마자 앉은 자리에서 숨을 거두신 것이다. 부정맥의 습격이 었다. 마지막까지 당신에게 맡겨진 일을 다 하시고, 험한 모습 보이지 않고 이생을 훌훌 털고 홀가분하게 떠나셨다. 그때부 터 마지막은 저런 모습이어야 한다는 소망이 내게도 생겼다.

할머니가 78세에 돌아가셨으니 나는 그보다 3년이나 더 긴 생을 살고 있는 셈이다.

'할머니! 아들 며느리 옆에 끼고 지내시니 외롭지 않으시 죠? 당신 쏙 빼닮은 손녀도 곧 뒤따라갈 테니 기다려주삼.'

　　　　　　　　　　　　　　　　　　과거에게

개미와 베짱이 ─────────────────

언니한테서 문자가 왔다. 매달 15일 전후면 어김없이 날아오
는 엇비슷한 내용의 문자다. 까맣게 잊고 지내다가 이렇게 문
자나 받아야 언니를 떠올린다. 그런 지 벌써 3년이나 됐다. 언
니에게 대뜸 전화를 걸어본다. "거긴 또 어디유?" 애써 부드
럽게 말한다.

언니는 나랑 다섯 살 터울로 34년생이다. 우리 사이엔 터
울뿐 아니라 어른들이 만든 '틈'도 있다. 젊어서 혼자된 할머
니는 늘 나를 끼고도셨고, 엄마는 언니와 한통속이 되어 편
을 갈랐다. 언니는 동생을 잘 데리고 놀다가도 할머니가 연등
처럼 싸고 도는 내가 얄미워지면 "똥니빨"이라고 약을 올렸
다. 당시 나는 앞니 두 개가 대문짝만하게 솟아올라 미웁기도
한데다 손끝에 소금 찍어 이 닦는 것 또한 끔찍하게 싫어해

개미와 베짱이 79

그 소리만 나오면 언니 앞에서 기가 죽었다.

내가 초등학교(당시 국민학교) 2학년 때 언니는 배화여고 1학년생이었다. 칼처럼 날 선 주름치마에 세일러복을 입고 집을 나서면 온통 길이 환해졌다. 더 이상 언니는 내 상대가 아니었다. 하루아침에 어른스러워진 언니에게 주눅이 든 나는 저녁마다 언니가 시키는 대로 치마 밑단에 시침질을 떠서 뜨거운 요 밑에 깔고 잤다. 아침에 일어나 요를 들치면 온돌에 구워진 모직의 구수한 냄새와 함께 다림질한 것처럼 반듯한 치마 주름이 완성되었다. 언니가 이화여고를 마다하고 배화를 선택한 이유도 어쩌면 그 예쁜 교복 때문일지도 모른다.

나는 철들고 나서야 언니가 미인 축에 든다는 것을 알았다. 언니는 살결이 희고 매끈했다. 톡 튀어나온 이마와 도드라진 광대뼈가 강인한 인상을 주긴 했지만 배 속같이 하얀 이를 활짝 드러내고 웃으면 어린아이처럼 티 없이 맑고 환했다. 참을성 없는 것이 다소 흠일 뿐 심성은 밝고 명랑했다. 적어도 6.25전쟁이 일어나기 전까지는 그랬다.

1950년 전쟁이 터지고 다음 해 1월, 우리 가족은 경남 진해로 피난을 갔다. 그곳에서 언니는 일곱 살 연상의 해군 소위와 열아홉 나이로 결혼을 했다. 형부는 서울공대 조선과를

졸업한 흰칠한 미남으로 충남 연산의 알아주는 부농의 삼대
독자였다. 전쟁이 나기 전 우리는 원효로에 일본인들이 버리
고 간 적산가옥敵産家屋에서 4년쯤 살았다. 우연인지 필연인
지 형부가 서울에 올라와 하숙한 곳이 바로 그 집 2층 다다미
방이었다. 그때 언니는 초등학교 6학년, 나는 1학년이었다.

6.25전쟁이 난 여름, 이사한 청량리 우리 집에 난데없이
그 잘생긴 아저씨가 다시 나타나더니 언니와 혼인하겠다고 떼
를 썼다. 솜털도 벗지 못한 초등학생을 그렇게 미리 점찍어놓
을 줄 누가 알았겠는가? 사람 목숨이 오락가락할 때라 아버
지가 정신이 없으셨는지, 아니면 진작부터 사윗감으로 마음
에 두셨던지, 선선히 승낙하시고는 막걸리 한 잔씩 나눠 마
시는 절차를 거쳐 약혼식을 치렀다. 그날 이후 사위 후보생은
부역자를 찾아다니는 빨갱이를 피해 우리 집 다락에서 숨어
지내다가 인민군이 북으로 밀려날 때 해군에 입대하여 남쪽
으로 내려갔다. 전쟁이 휴전된 뒤에야 언니는 진해에서 그 잘
생긴 해군 소위와 백년가약을 맺었다.

하지만 5년 만에 언니의 결혼은 끝이 났다. 건강했던 형
부가 어느 날 밤 갑자기 해군병원 응급실로 실려 가더니 일주
일 만에 젊은 아내와 어린 남매를 두고 세상을 떠나버린 것이
다. 순식간에 일어난 일이었다. 그날, 그러니까 형부가 쓰러진

개미와 베짱이

날, 형부는 겨울방학이라고 놀러 와 있는 나를 데리고 극장엘 갔다. 제니퍼 존스 주연의 〈모정〉이었다. 영화를 보고 나와 우린 식당에서 늦은 저녁으로 도루묵 매운탕을 시켜 먹었다. 그런데 형부가 조금 먹더니 생선이 상한 것 같다며 수저를 일찍 놓았다. 언니와 나는 그 매운 찌개를 남김없이 다 먹어치웠다. 그날 밤 형부는 밤새 토하고 몸부림 치다 새벽에 병원으로 실려 갔는데, 나는 세상모르고 편히 잠을 잤다.

형부가 죽자 졸지에 삼대독자를 '잡아먹은' 여자가 된 내 언니는 시부모의 손에 끌려 시골로 내려갔다. 그러나 언니는 시집살이를 견디지 못하고 6개월 만에 사대독자 돌쟁이 아들은 시집에 떼어놓고 딸만 데리고 친정으로 왔다. 고작 스물네 살이었다. 당시 우리 가족은 진해에서 서울로 환도하다가 청주에 눌러 앉아 근근이 살고 있었다. 병약했던 엄마는 어찌 된 셈인지 자식들을 줄줄이 낳았는데, 청상과부 딸이 손녀까지 데리고 들이닥치자 졸지에 객지에서 대식구 살림을 꾸려야 했다.

1955년 전후 한국은, 상처를 딛고 근대화로 나가는 격동의 시기에 놓여 있었다. 전쟁의 위험에서 벗어난 사람들은 서양문화를 가감 없이 받아들이기 시작했고, 남편을 전쟁에서

과거에게

잃은 여인들은 준비도 없이 생활전선으로 내몰렸다. 언니는 자신을 〈바람과 함께 사라지다〉의 영화 속 주인공 스칼렛 오하라와 동일시하며 한동안 영어회화와 사교춤을 배우러 다녔다.

친정에서 겨우 6개월을 버티던 언니는 어린 딸을 양친 손에 맡기고 혼자 서울로 올라갔다. 청주에서 언니가 할 만한 일은 없었다. 그 와중에 나는 청주여자고등학교를 졸업했다. 여러 이유로 부모님은 서울로 돌아가기를 주춤주춤 미루고 계셨고, 서울미대 입시 원서 마감이 다 끝나도록 아버지는 아무 말이 없으셨다. 그때 서울에 가 있던 언니한테서 엽서가 날아왔다. 등록금을 대줄 테니 빨리 대학에 원서를 내라는 것이었다. 1차 지원은 이미 끝났고, 2차 지원으로 간신히 홍대 미대생이 되었다. 전폭적인 언니의 도움이 없었다면 대학에 갈 수 없었겠지만 아무리 세상 물정 모르는 나이라 해도 나는 언니가 어떻게 살고 있는지, 내 대학 등록금이 어느 주머니에서 나오는지 단번에 알아챘다.

누구한테 말도 못한 채 수치심과 죄책감에 시달렸다. 분연히 박차고 일어나지 못하는 내 자신이 그저 한심하고 실망스러웠다. 하지만 날 서 있던 그 고뇌도 시간이 흐르자 차츰 무디어갔다. '할 수 없지 뭐! 지금 와서 어쩌겠어.' 우물쭈물

미적대는 동안 2학기 등록금 낼 때가 되었다. 뻔히 날짜가 지난 것을 알면서도 언니는 2학기 등록금을 해줄 생각을 안 했다. '그러면 그렇지, 공부시켜준다고 해놓고 나를 공범으로 만들었어.' 여전히 볼에 젖살을 붙이고 있던 스무 살의 어린 나는 부모에게 돌아갈 건지 아니면 언니에게 기생할 건지 선택을 해야만 했다. 나는 제3의 선택으로 방향을 돌렸다. 결혼이었다.

　이제 와 돌이켜보면, 내 안 깊숙이 근거 없는 우월감을 심어준 할머니의 영향으로 늘 언니를 부정적으로만 평가해온 것 같다. 하지만 그렇게 생각할 소지를 언니가 늘 흘리고 다녔던 것은 부인할 수 없지 않을까?

　언니는 슬하에 3남 2녀를 두었다. 첫 결혼에서 얻은 아들과 딸은 헤어져 산 지 오래되었고, 남은 삼 남매는 같은 아버지의 소생으로 언니가 키웠다. 어렸을 때는 풍족한 환경에서 고생 모르게 아이들을 키우다가 막상 그 아이들이 한참 공부할 나이에 언니가 애들 아버지와 헤어졌다. 그때만 해도 언니는 재정 상태가 그리 나쁘지 않았다. 제법 큰돈으로 사채놀이까지 하고 있었으니까. 그런데 문제는 돈 있고 예쁘기까지 한 여자가 혼자라는 사실이었다. 얼마 못 가 언니는 돈 다 떼이고 빈털터리가 되었다.

　언니가 하숙 치는 것 외에 스스로 뭔가 일을 찾아 나서기 시작한 것은 세 아이의 교육비를 벌기 위해서였다. 지인들을 찾아다니며 당시 한창 유행하던 니트 옷을 맞춤 디자인으로 주문 제작을 해주었는데, 힘은 들었지만 일한 만큼 언니에게 소득이 돌아왔다. 그렇기는 하나, 무거운 보따리를 들고 남의 집 문턱 넘기가 어디 쉬운 일이겠는가? 내가 한동안 보따리를 같이 들고 따라다녀야 했다.

　언니는 진심으로 내게 고마워했다. 나도 고마웠다. 애들 셋 끌어안고 언니가 굶는 꼴 보는 것보다, 보따리 같이 들고 내 고등학교 동창이라도 찾아다니는 게 나로선 훨씬 수월했다. 언니와 같이 붙어 다니며 애들처럼 시시덕거리다 보니, 오랜 세월 나의 마음속 깊이 응어리진 감정이 서서히 사그라지는 것을 느낄 수 있었다.

　70년 전 내 할머니의 예견처럼, 언니는 베짱이고 난 개미의 삶을 산 것일까? 언니의 노년은 현재 편치 못하다. 사는 곳이 서로 멀어서인지 영 만나지지도 않는다. 한 달에 한 번 핸드폰 문자를 주고받는 게 고작인데, 이번 언니의 문자는 사연이 제법 길다. 충남 어디 요양원에 있는데 어김없이, "너무 너

무" 행복하다고 호들갑이다. 과연 그럴까? 언니 일이라면 매
사 부정적으로 보는 내 고질병이 또 도지려고 한다.

개미인 줄도 모르고 그저 맹목적으로 개미로만 살아온
나처럼, 언니도 자신이 베짱이인 줄 모르고 그 여름 그렇게
시끄럽게 노래하고 춤췄던 거겠지.

과거에게

기억 속 학교, 골목, 그리고 여관

엊그제는 종로 5가에 위치한 효제초등학교를 다녀왔다. 6.25 전쟁이 나기 전 내가 다녔던 학교다. 가보고 싶다는 마음은 종종 들었지만 갈 기회도 없었고 선뜻 나서지도 못했다. 무슨 이유가 있어서는 아니고, 그 시절이 현실로 느껴지지 않아서다.

나는 원효로에서 남정초등학교를 4학년까지 다니다 청량리로 이사하면서 종로 5가에 있는 효제초등학교로 전학을 했다. 그런데 이듬해 여름, 전쟁이 터지는 바람에 졸업도 못 하고 그만 피난을 가야 했다. 그 충격 때문인지, 아니면 2년도 채 안 된 짧은 시간 때문인지, 이상하게도 그 시기의 기억은 거의 남아 있지 않다. 어쩌다 기억이 난다 해도 앞뒤 맥락이 안 맞을뿐더러 하도 생뚱맞아서 혼란만 더할 뿐이다.

그래서일까? 무려 70년 만에 찾아가는 초행길에 설렘보다는 서먹함이 앞섰다. 휴일 오전인데도 경복궁이 가까워지자 길이 정체되기 시작했다. 늙수그레한 택시기사가 현 정권을 향해 버럭버럭 화를 낸다. 광화문에서 집회가 열리고 있는 모양이다. 차가 꿈쩍도 안 하니, 시원하게 달리지 못하는 것이 마치 내 탓인 양 앉은자리가 불편해지기 시작했다.

안절부절못하는 내 꼴을 보고 기사가 부드러운 어투로 말을 붙인다. "종로엔 왜 나오셨어요?" 왠지 선뜻 대답이 나오지 않는다. 나는 얼른 말을 돌려 "기사님 말씨가 서울 토박이 같아요" 딴청을 부린다. 기사가 반색을 하며 자기는 혜화동에서 태어나 그곳에서 학교를 다녔다고 자랑스럽게 대답한다. 나도 자연스럽게 "내가 다닌 효제초등학교에 70년 만에 찾아가는 길"이라고 응대한다. 마침 길이 뚫렸다. 택시가 율곡로를 횡 하니 달려 종로 5가 쪽으로 우회전을 해 학교 맞은편에 나를 내려주었다. '좋은 시간' 되시라는 기사의 인사말을 뒤로 하고 가볍게 차에서 내린다.

교정은 생각했던 것보다 넓었다. 공휴일인데도 운동장에는 한 무리의 소년들이 야구 연습을 하고 있다. 타자가 내지르는 힘찬 고함과 함께 공이 방망이에 '딱'하고 부딪히는 경쾌

과거에게

한 소리가 가을 햇살에 활짝 퍼진다. 등나무 밑에서 한참을 구경하다 교문 옆 경비실로 발길을 돌렸다. 심성이 착해 보이는 40대 남자를 향해 교정을 구경해도 되냐고 물으니 싱글벙글 웃으며 얼마든지 보라고 대답한다.

"요즘 들어 어르신들이 심심찮게 오세요. 일전에도 미국으로 이민 간 할아버지가 한국을 떠난 지 40여 년 만에 모교를 찾아오신 적이 있습니다."

나만 엉뚱한 짓을 하는 것은 아닌 모양이다. 죽을 때가 되면 다들 어린 시절을 뒤돌아보고 싶은 거겠지? 울컥 마음이 쓸쓸해진다.

운동장을 끼고 천천히 걸어 본관 앞에 섰다. 한참을 구석구석 살폈으나 눈에 익은 곳이 한 곳도 없다. 그래도 헐리지 않고 있어 다행인가? 정문에서 마주 보이던 강당은 재건축을 했는지 본관과 어울리지 않게 변해 있었다. 모든 것이 그저 낯설 뿐이다.

전쟁이 터진 그해 여름, 나는 강당에 있었다. 평소에 얌전했던 무용 선생이 우리의 사상을 재교육시키겠다면서 미처 피난 못간 아이들을 강당에 세워놓고 뜬금없이 상체를 '털어내라'고 했다. 우린 영문도 모른 채 선생의 구호에 맞춰 앞으로 굽혀 흔들고, 뒤로 제쳐 흔들고, 머리가 산발이 되도록 미친 듯이 몸을 털어 보였다. 그 행위가 우리 사상을 어떻게 바꾸어놓았는지 알 길은 없으나 관절의 유연성에는 조금 도움이 되었을 것이다. 어쨌거나 우린 쑥부쟁이 머리를 손 갈퀴로 긁으며 "무용 선생이야말로 진짜 빨갱이"라고 쑥덕거렸다. 그런데 지금 현장에 와서 기억을 되살려보니 그 기억이 정말 맞는 건지 의심이 든다. 강당의 구조가 구체적으로 떠오르지 않는 터에 아이들이 속닥대던 말만 생각나니, 내가 나를 믿을 수가 없다.

되돌아 나오며 혹시 기억나는 게 있을까 해서 건물을 찬찬히 훑어본다. 야속하게도 머릿속이 빈 우물 같다. 문지방이 닳도록 드나들었을 학교 현관도 기억나지 않고 교실 위치도 전혀 떠오르지 않았다. 사라진 기억 때문에 초등학교의 한 시절이 뭉텅 잘려나가고 말았다. 이런 상황을 진즉 예측하고 학교를 찾아오지 못했던 것은 아닐까? 그러나 그냥 물러서긴 뭔가 아쉽다. 내친김에 학교에서 아주 가까웠던 외갓집으로 들어가는 골목을 찾아본다. 큰길과 지척이라서 골목 자체가 없어진 건 아닐까 걱정했는데 용케 그냥 있다. 그런데 생각보다 너무 좁아 헛웃음만 나온다. 차가 못 들어가는 골목이니 어쩌면 옛날 집이 아직 남아 있을지도 모르겠다 싶은데, 그 기대도 잠깐, 집이 어디쯤에 있었는지 아예 가늠도 안 된다.

내 외가는 서울 토박이다. 외갓집은 흔치 않은 구조의 한옥으로, 어린 내 눈에는 대궐만 같았다. 대문은 늘 활짝 열려 있었고, 중문을 들어서면 사랑채를 사이에 두고 양쪽에 ㅁ자 구조로 방들이 놓여 있었다. 나팔꽃이 피어 있는 마당을 가운데 두고 방들이 서로 마주보고 있어 툇마루에 나와 앉으면 모두가 한 가족 같았다.

외가는 할아버지로부터 외삼촌에 이르기까지 두 대에 걸쳐 여관을 운영했다. 상호는 '광신여관'이다. 네댓 살의 내 기억으로는, 늘 사랑채에서 담뱃대를 물고 앉아 계시던 외할아버지가 동전 한 닢을 주면 대문 밖 구멍가게로 쪼르르 뛰어가 알사탕 하나와 바꿔 먹던 일이 생각난다. 그 골목 안의 집들은 거의 다 한옥이었다. 그나저나 그 좋은 한옥 목제들은 다 어디로 헐려나갔을까? 어느 구석진 곳에서 대들보나 기왓장이 숨죽이고 있는 건 아닐까? 아니면 덕지덕지 붙어 있는 골목의 음식점 간판 뒤로 소나무 서까래가 숨어 있지는 않을까?

그래도 여기는 기억의 실마리가 무수하다. 서툴게 비틀대며 달려오던 자전거에 치어 이마에서 흐르던 피도, 외삼촌이 달려와 둘러업고 병원으로 달리던 기억도 여전히 생생하다.

청주에서 중학생이 된 나는 방학 때마다 외갓집에서 한철을 지냈다. 당시에 서울은 새벽이 깨어나는 소리가 특별했다. 전차가 달리며 뎅뎅 울려대는 종소리, 레일 위를 굴러가는 전차바퀴 소리… 금속성의 그 소음들을 조용히 누워 들으며 수런수런 밝아오는 방문을 지켜보면, 멀리서 두부장수가 "두부 사려" 외치며 흔드는 종소리가 딸랑 딸랑 점점 가까이 들리다가 이윽고 멀어져간다. '아! 고향에 돌아왔구나.' 그 순간 가슴은 뭉클해지며 설렜다. 청주로 떠밀려간 내게 서울은 고향이었다.

전후 황폐한 서울 한복판에서 어렵사리 품격을 지키던 광신여관도 서서히 그 모습이 변해갔다. 묵고 가는 사람들이 지방에서 올라오는 장사꾼인 것은 매한가지였으나 세태가 많이 변해갔다. 아침저녁 칠첩 반상기에 깔끔하게 차려 내오는 밥상을 마다하고 그들은 식당이나 술집을 드나들었다. 한옥은 벽도 얇고, 창호지 바른 미닫이문이 전부라 무엇 하나 감출 수가 없는데 객들은 아랑곳하지 않고 나날이 부끄러움을 잃어갔다. 외삼촌이 풍기문란을 이유로 나의 여름방학 원정을 원천 봉쇄해도 할 말이 없었다. 졸지에 나는 고향을 빼앗기고 말았다.

과거에게

그 골목을 빠져나와 이제 종로 4가를 향해 천천히 걷는다. 젊은 날을 기억케 하는 보령약국을 지나고, 한때 수영에 올인했던 YMCA 앞에서 주춤거리다가 광화문을 향해 빠르게 걷는다. 갑자기 오전에 보았던 집회가 무슨 집회인지 궁금해졌다.

내 안에 솔 내음

연희동 새집으로 이사 온 지 한참 됐다. 동네 탐방은 구글 맵으로 확인했을 뿐 직접 돌아다니며 살펴보지를 못했다. 그래그런지 한동안 낯설음이 가시지 않았고, 외출했다 돌아오면 남의 집 방문하듯 서먹했다.

오늘은 미세먼지도 없고 기온도 포근해서 무심코 발길이 집 밖으로 향한다. 동네를 병풍처럼 에워싸고 있는 안산을 향해 발길을 옮겼다. 초입에서부터 오름세가 가팔라 숨이 턱에 찼으나, 다행히 내려오는 길은 수월하다. 숨이 안 차니 콧노래가 절로 나와 일부러 잘 닦여진 길을 놔두고 험한 샛길로 들어선다.

올라갈 때는 안 보였던 진달래며 개나리가 눈에 들어온다. 잠시 멈춰 서서 뒤돌아보니 산 중턱에 빽빽이 밀집해 있는

과거에게

소나무 숲이 보인다. 바람에 서걱대는 나뭇잎 소리, 풀쩍 날아오르는 새의 날갯짓 소리, 발밑에서 구르는 자갈소리….

그런데 갑자기 그 모든 소리가 까무룩 멀어지며 이상한 정적에 휩싸인다. 혼자 산속에 들어서면 엄습하는 이 느낌을 오랫동안 잊고 있었다. 뭐라 설명하기 어려운 두려움으로 기시감하고는 거리가 있다. 이 불편한 느낌이 오래 지속되면 당연히 심각하게 고려해볼 문제지만, 찰나에 스치다 사라지니, 굳이 캐볼 마음이 없었다. 나에게는 아주 오래전 산속을 혼자서 헤맨 기억이 있다. 정확히는 6.25전쟁이 난 다음 해 겨울, 어느 날이다.

1951년 우리 가족은 후퇴하는 국군을 따라 남쪽을 향해 피난을 가고 있었다. 청량리역에서 요행이 기차 지붕에 올라타 양평까진 '실려'왔는데 거기서부터는 기차가 꿈쩍도 안 했다. 별수 없이 우린 짐 보따리 챙겨들고 기차 지붕에서 내려와 피난민 대열에 끼었다. 그리고 열흘 만에 청주시에서도 십 리쯤 더 들어간 '옹박골'이란 농촌마을, 아버지의 6촌 형님네 사랑채에 짐을 풀었다.

그 겨울은 유난히 추웠다. 두꺼운 진흙 벽과 두툼한 초가지붕도 그 끔찍한 추위는 막아내지 못했다. 산골 벽촌에서 세 살짜리 삼대독자 남동생은 홍역 뒤끝에 폐렴에 걸렸다. 아버지는 돈이 될 만한 옷가지를 싸들고 밤낮으로 대전까지 걸어가 간신히 페니실린을 구하고 손수 주사를 놔 동생을 살려냈다. 염치와 경우를 목숨처럼 지키는 서울 토박이 부모님이 그 가난한 산골에서 어떻게 부대끼며 살아남으셨는지, 비결은 알 길이 없다.

논과 밭 사이에 집도 몇 채 없고 내 또래 아이는 아예 구경도 할 수 없는 곳. 그나마 골골하는 남동생도 두 분이 끌어안고 있으니, 나는 마땅히 할 일이 없었다. 아침이라고 한술 먹고 나면 난 지게에 낫과 갈퀴를 챙겨 걸머지고 산으로 삭정이를 주우러 갔다. 지금은 동네 야산도 나무가 울창하지만, 그때는 전 국민이 아궁이에 장작을 지펴 난방을 해결할 때라인가 가까이 있는 산은 모두 민둥산이었다. 그나마 삭정이라도 긁어모으려면 깊이 들어가야 했다.

바닥만 살피며 주춤주춤 올라가다 보니 꽤 깊은 산속이었다. 그 난리 통 속에도 어린 소나무는 구석구석 자라고 있었다. 낫을 휘둘러 생솔가지를 쳐낸 다음, 누가 볼세라 마른 칡넝쿨로 단단히 묶어 지게에 올리고는 삭정이와 가랑잎으로 슬쩍 덮어 위장까지 했다. 나는 잠시 허리를 펴고 느긋한 마음으로 사방을 둘러보는데, 순간 가슴이 덜컥 내려앉았다. 도대체 여기가 어딘가?

홀로 산속에서, 마치 딴 세상에 던져진 듯 막막하고 두려웠던 그날을 지금도 선명하게 기억한다. 설핏 기운 해가 나무 그림자를 으스스하게 드리우고 있다. 조금 전까지 들리던 새소리는 온데간데없고 나뭇가지에 걸려 있던 눈덩이가 털썩하고 떨어지는 소리가 괴괴하게 울려 퍼질 뿐이었다.

지게를 둘러메고 뒤뚱뒤뚱 산 아래를 향해서 내려온다는 게 점점 깊은 산속으로 빨려 들어갔다. 허둥지둥 헤매다 간신히 인가를 찾아 달려가보니, 사람 그림자는 보이지 않고 굴뚝에서 연기만 피어오르는 낯선 동네였다. 또 한 번 가슴이 철렁 내려앉는다. 방향감각을 완전히 잃고 엉뚱한 길로 나온 것이다.

드디어 참고 참았던 울음이 터져 나왔다. 꺼이꺼이 울면서 정신없이 돌아다니다 낯익은 광경이 눈에 들어왔다. 천신만고 끝에 집을 찾아낸 것이다. 무서움도 사라지고 정신도 돌아왔다. 내 후줄근한 꼬락서니를 부모님에게 들킬까 봐 몰래 부엌으로 기어들어가니, 아침에 나갈 때와 조금도 다름없는 퀴퀴한 냄새가 나를 안심시켰다. 부엌 구석에 나뭇짐을 부려놓고 아궁이 앞에 쭈그려 앉은 나는, 시름시름 사위어가는 불꽃 위에 솔가지를 힘차게 던져 넣었다. 지글거리며 타오르는 파란 불꽃과 함께 솔 냄새가 진동했다.

솔 내음이 코끝에 스치는가 싶더니 정적이 깨진다. 바람이 다시 불고, 나무 잎은 서걱서걱 몸을 뒤챈다. 푸드덕, 새가 날갯짓을 한다. 내 안에 잠들어 있던 열두 살 아이는 하늘을 본다. 짙은 솔 내음이 가득 퍼진다.

안산 산책로로 내려오는데, 연신 승용차가 길가에 주차할 곳을 찾아 멈춘다. 등산객들이 타고 온 차들인 모양이다. 비교적 잘 정리된 인도에는 친절하게도 띄엄띄엄 목수의 손길이 느껴지는 통나무 의자가 있다. 5공 시절 몇십 억 들여 조성했다는 안산 자락 길은 세월이 많이 지났음에도 여전히 편리하고 안전하다. 한눈에 알아볼 수 있게 자세히 그려진 산 지형과 안내문을 들여다보며, 오늘 내가 걸은 거리가 몇 킬로미터나 될까 계산해본다. 이 산을 한 바퀴 돌아보려면 대충 계산해도 한 달 이상은 투자해야 할 것 같다. 떠들썩한 등산객 틈에서 좀 전에 마주한 정체불명의 느낌은 까맣게 잊은 채 난 콧노래를 흥얼대며 반쯤 핀 벚꽃 나무를 올려다본다.

어쩌면 나, 종이에 연필, 2021

오징어 타령_오징어 연가

동네 슈퍼에서 오징어채를 사왔다. 한입에 넣고 씹기에는 좀 길어 가위로 반 토막을 냈음에도 입에 들어가자마자 입천장을 찔러댄다. '이런 망할!' 나는 성냥개비처럼 단단한 오징어를 째려본다.

예전엔 흔해 빠진 게 오징어, 명태였는데 요즘은 이름 앞에 '금' 자까지 붙인 귀한 몸이 되었다. 기후변화 탓인지 어획량이 턱없이 줄어들었기 때문이란다. 원양어선으로 잡은 명태는 동해 바닷바람으로 말린다 해도 예전의 북어 맛이 아니다.

모름지기 북어는 다듬이 방망이로 흠씬 두드려주어야 한다. 몸통이 나긋나긋 해지면 쪽쪽 찢어 참기름에 버무린 북어채 무침이 일품인데 허우대만 멀끔한 요즘 북어는 꼭 실타래 씹는 맛이다. 늙으면 미각이 둔해져 그 맛이 그 맛이지만 내 혀의 나이를 감안하더라도 질이 떨어진 것만은 사실이다.

오징어도 명태와 같은 운명이다. 두툼하고 큰 덩치에 비해 맛은 맹맹하다. 맛을 살린답시고 감미료로 느끼하고 달달하게 만드는 바람에 본래의 짭조름하고 콤콤한 맛은 찾아보기 힘들다. 무릇 오징어 맛을 제대로 보려면 굽지 말고 그냥 먹어야 한다. 그리고 제일 안쪽 어금니로 질겅질겅 씹어보라. 그러면 천천히 불어나는 과정을 거쳐 진짜 오징어의 참맛을 볼 수 있다. 좋은 오징어는 오래 씹을수록 단물이 나온다.

먹는 타령을 하다 보니 모처럼 입안에 침이 가득 고인다. 근거가 있어 하는 말은 아니지만, 오래 살다 보니 자연히 터득한 것이 있게 마련이다. 잠자리에 들기 전, 반쯤 졸며 TV를 볼 때, 속이 헛헛하고 오징어가 먹고 싶어지면, 그건 바로 내 몸이 단백질을 원한다는 신호다. 예전엔 특별한 날 외에는 곰국이나 불고기를 구경할 수 없었으니 단백질이 늘 부족했다.

지금 생각해보면 냉장고 없던 시절엔 어떻게 살았나 싶지만, 매일 시장을 봐다 즉시 조리를 하였으니 냉동고기 해동하면서 육즙 빠져나가는 경험은 하지 않아도 되었다. 한여름에는 남은 음식을 시원한 뒤꼍 그늘로 피서를 보냈는데, 가끔 길고양이 밥이 되기도 했다. 그래서 대나무 찬합이나 소쿠리에 고기나 생선을 넣어 추녀 밑에 대롱대롱 매달아놓기도 했다. 오징어에 관한 서두가 다소 길어졌지만, 사실 하고 싶은 얘기는 따로 있다. 내게 있어 오징어가 단순한 심심풀이 땅콩이 아닌, 제일 먹고 싶은 1순위 먹거리로 등극한 역사적인 사건임을 고찰하려 함이다.

까마득한 옛날, 1950년 6.25전쟁이 일어난 여름에 우리 가족은 청량리에 있었다. 할머니와 아버지 어머니, 그리고 다섯 살 위 언니와 10년 터울의 남동생, 이렇게 여섯 식구였다. 전쟁이 나기 2년쯤 전, 우린 청량리에서 홍릉으로 가는 길가에 전통한옥을 지어 이사했다. 난 효제초등학교(당시 효제국민학교) 6학년이었고 언니는 배화여고 4학년 졸업반이었다. 여느 날과 다름없는 일요일, 난데없이 전쟁이 났다고 했다.

그땐 어느 집이나 다 그랬겠지만, 전쟁이 났다는 사실도 라디오에서 앵무새처럼 반복하는 불확실한 정보가 고작이었다. 우린 그날 청량리에서 왕십리로 피난을 가긴 갔다. 폐광이었는지 아니면 터널 공사를 하던 중이었는지, 어쨌거나 우리 가족은 사람들 틈에 끼어 굴속으로 들어갔다. 그곳은 엄청난 북새통이었고, 당장 지레 밟혀 죽을 판이라, 그럴 바엔 집에서 폭격 맞아 죽는 게 낫겠다 싶어 되돌아오고 말았다.

그 여름, 유엔군의 개입으로 서울이 수복되기까지, 미처 피난 못 가고 서울에 처진 사람들은 사생결단하고 살아남아야 했다. 어머닌 난생처음 동대문시장 바닥에 나앉아 돼지고기를 구워 팔았다. 언니는 한참 피어오르는 17살이자 명색이 버젓한 약혼자도 있으니 함부로 시장 바닥에 내돌릴 수 없었다. 그래서 풍로며 숯을 나르는 허드렛일은 모험심으로 피가 들끓는 열두 살짜리 둘째 딸, 내 차례였다.

그러나 막상 짐을 날라놓고 나면 내가 할 일은 더 이상 없었다. 한쪽에 우두커니 앉아 석쇠에서 자글자글 구워지는 돼지고기를 보고 있으면, 입 안에 침만 가득 고였다. 눈치껏 엄마가 고기 한 점 입에 넣어주기를 학수고대했으나 매정한 엄마는 손님 입에만 정신이 팔려 침 흘리는 딸은 안중에도 없었다.

모녀가 시장 바닥에서 고군분투하는 동안 아버지도 용케 일거리를 찾아냈다. 인민군인지 보위대인지 아무튼, 북에서 내려온 사람들이 아버지에게 플래카드며 포스터 제작하는 일을 맡겼다. 이른 아침 어느 날, 일하러 나가던 아버지가 환한 얼굴로 대청마루에 서있던 나에게 다가오셨다. 뽀뽀를 하시려나 했는데, 뽀뽀 대신 넌지시 물어보셨다.

"제일 먹고 싶은 거 말해봐라, 오늘 내가 사다주마."

나는 아버지가 번 돈을 함부로 쓰면 안 된다고 생각했다. 그래도 아버지에게 모처럼 으스댈 기회를 주어야겠기에, "오징어! 내가 제일 먹고 싶은 것은 마른오징어야" 나는 호들갑을 떨며 큰 소리로 말했다. 그러나 왠지 마음이 불안했다. 나중에 어른이 되어서까지 두고두고 이 작은 일화가 나를 따라다니며 괴롭혔다. 그때 오징어 타령만 안 했더라면 아버지의 삶이 자유로웠을까? 뭐 어차피 결과는 똑같았으리라. 전쟁 중에는 미친 바람이 부니까.

9월에 서울이 수복되자 홍릉에 주둔해 있던 인민군들이 썰물처럼 빠져나갔다. 언니의 약혼자는 한강다리가 끊어져 고향으로 내려가지 못하고 우리 집 다락에 숨어 있었는데, 인민군 부대가 주둔해 있던 홍릉으로 잽싸게 달려가 미처 못 가져간 쌀가마니를 등에 지고 왔다. 급히 열어보니 콩만 가득 들어 있었다.

서울을 떠났던 사람들이 속속 돌아왔다. 다시 예전 모습으로 돌아가나 했더니 이번엔 눈빛이 살벌한 완장 찬 젊은 청년들이 득달같이 달려와, 마당에서 할머니와 두부를 만들던 아버지를 붙잡아 갔다. 아버지 옷자락을 붙잡고 대롱대롱 매달리며 울부짖어도 소용없었다. 인민군 치하에서 부역에 동원된 것이 문제라는데, 그 시절 서울에 남은 건강한 남자 중에 인민군에 불려 다니지 않은 사람이 몇이나 있을까?

이렇게 된 데에는 좀 더 깊은 뒷이야기가 있다. 아버지의 고향은 경기도 광주군 남종면이고, 거기서 동쪽으로 남한강을 건너면 바로 지척이 몽양夢陽 여운형 선생의 고향이었다. 1931년, 아버지가 21세 무렵에 무작정 상경하여 방황할 때, 마침 상해에서 체포 압송되어 복역 중이던 몽양 선생이 풀려났다. 동향同鄉에서 몽양의 소문을 듣고 흠모하고 있던 아버지는 가회동을 방문해 첫 인사를 드렸다. 그 이후 몽양은 아버지의 거대한 멘토가 되었다.

1947년, 좌파로 몰려 극우파에게 암살당하기까지, 아버지는 몽양을 극진히 모셨고, 정당 활동에도 관여했다. 몽양이 암살되자, 그 추종자들은 뿔뿔이 흩어졌고, 일부는 좌익, 빨갱이 소리까지 들어가며 숨을 죽일 수밖에 없었다. 아버지도 물론 그중 한 분이었다. 그러나 몽양은 좌익도 빨갱이도 아닌 해방된 조국을 추스르기 위해 온갖 노력을 다 한 정치인이자 웅변가, 체육인으로 남아 있다.

아버지가 유치장에 얼마나 갇혀 있었는지 기억이 가물가물하다. 사형을 당할지도 모른다는 소문마저 들려왔다. 그러나 정작 기가 막힐 일은 언니가 양주 한 병 구해들고 종로 경찰서에 찾아가 '중죄인' 아버지를 구해냈다는 사실이다. 그 뇌물 '사건'은 요즘 같으면 상상도 할 수 없는 일인 데다가, 아무리 전시라 해도 모두들 미치지 않고서야 아버지 목숨 값이 양주 한 병이라니⋯ 심한 고문을 받은 아버지가 축 늘어져 업혀 들어왔을 때의 그 참담함을 나는 지금도 잊을 수가 없다.

건강을 회복하는 데는 오랜 시간이 걸렸다. 아버진 몸을 추스르자마자 좌익 성향의 책부터 책장에서 꺼내 불태워버렸다. 당시 청년들의 도서 목록에 흔히 있던 책들이다. 서울이 인민군에 점령당했던 석 달 사이에 이미 좌익 이념에 대한 환상이 무너졌다고 했다. 지식으로 쌓아 올린 이데올로기가 얼마나 위험한 것인지 직접 체험한 것이다.

자발적인 부역인지, 돈을 받고 일한 노동인지는 굳이 따지지 않아도 뻔한 일인 것이, 아버지가 한 일은 오직 가족을 부양하기 위함이었고, 더 구체적으로는 내게 오징어를 사주기 위해서였다. 그 일로 아버지는 말로 다 할 수 없는 고초를 치렀고, 오랜 세월 후유증에서 벗어나지 못했다. 짧은 생계활동의 대가치고는 너무 가혹했다.

아버지는 1.4후퇴 때 진해로 피난 갔다가 서울로 환도하면서 중도에 청주에 주저 앉아 10년을 기다렸다. 그리고 오십 중반을 넘기고서야 큰딸 성화에 못 이겨 서울로 입성했다. 혁

과거에게

赫이라는 멋진 필명도 버리고 모두에게 낯선 아명을 쓰신 것도 아버지를 사로잡고 있던 두려움과 환멸 때문이었을 것이다. 아버지는 가끔 조각하는 친구 분과 술을 나누며 조용히 사셨다. 장삿속이 어두운 분인데도 신촌 로터리에서 꽤 오래 문방구를 운영하셨다.

그러던 어느 날, 유치장에서 아버지를 고문했던 사람이 문방구로 찾아왔다고 한다. 그가 누구인지, 어떻게 아버지 계신 곳을 알고 찾아왔는지 나는 잘 알 수가 없다. 다만 그 얘기를 아버지로부터 듣는 순간 난 기절할 뻔했다.

"뭐야 여태 감시를 했다는 거야? 아니면 돈 뜯어가려고 협박하는 거야?"

아버진 내가 흥분해 떠드는 것을 보며 빙그레 웃으셨다.

"함께 술을 마셨는데 그땐 어쩔 수 없었다고 미안하다고 하더라."

"겨우 그 말뿐이야?"

"존경한다더라."

"누구를?"

아버지가 씁쓸히 웃으셨다.

아버지 돌아가신 지 20년이 넘었다. 평생 날개 한번 활짝

펴보지 못하고 생을 보내셨다. 이젠 좌도 우도 없는 천국에서 편히 지내시나요?

요즘 정치판에서는 대놓고 서로 좌파니 우파니 하도 싸워대니 옛날 같으면 입도 뻥긋 못 했을 오징어 타령을 용기 내어 한번 읊어봤다.

'그 사람은 발 뻗고 잘 살았을까? 지금은 당연히 죽었겠지?'

나도 슬슬 오징어 타령을 그만둬야 할까 보다.

과거에게

전쟁이 터진 그해 여름, 우리 가족은 텅 빈 서울에서 끝까지 버티다 결국 1.4후퇴 때 경남 진해로 피난을 갔다. 언니가 해군 약혼자를 따라 그곳에 있었기 때문이다. 그 와중에 부모님은 언니의 결혼식을 올려주고 낯선 진해에 주저앉았다.

다음 해 3월, 서울이 다시 수복됐다고는 했지만, 사람이 들어가 살 수 있을지 없을지 알 수가 없었다. 나는 그곳 도천국민학교에서 6학년을 마쳤다. 그 전쟁 통에서도 입시제도가 바뀌어 우린 국가고사를 보았고, 성적에 따라 중학교를 선택 지원하는 첫 세대가 되었다. 나는 부산으로 피난 와 있던 이화여중에 입학원서를 냈는데 너끈히 합격했다. 이리저리 쫓기며 동냥질하듯 공부했지만, 피난 바람에 6학년 공부를 2년이나 한 셈이니 당연한 결과였다. 이를 계기로 우리 가족은 진해에서의 삶을 정리하기로 하고, 이골이 난 괴나리봇짐을 둘러메고 입학식에 참석하기 위해 부산으로 갔다. 초라한 임시 교정에서 축사와 함께 나는 이화여중 배지를 가슴에 달았다.

입학식 끝내고 여관방에서 하룻밤 자고 난 후, 할머니를 비롯한 우리 다섯 식구는 드디어 서울을 향해 먼 장도에 올랐다. 그런데 아버지는 다시 청주에 이르러 발길을 멈췄다. 청주는, 아버지 외가 쪽 친척들이 살고 있어 생판 타향이 아닌 데다가, 그보다는 서울에서의 아픈 기억 때문에 그곳에 잠시 머물러 서울 동정을 살피겠다는 의도 같았다. 지금 짐작해보니 그렇다는 말이다.

이럭저럭 두어 달이 흘러가는 동안, 집에서 빈둥거리니 덩치만 나날이 커졌다. 전시인 점을 고려해 1년 안에만 돌아오면 받아준다는 학교 측 배려를 믿고, 나는 청주여중에 전학수속을 밟았다. 그러나 이화 배지는 주인 가슴에 몇 달 매달렸던 것으로 만족해야 했다. 기약 없이 청주에 눌러앉았기 때문이다. 우리는 시내 변두리, 무심천을 끼고 있는 후줄근한 동네에 짐을 풀었다. 농사짓는 집 사랑채 콧구멍만 한 방에서 몇 달 동안 할머니랑 둘이서 살았는데 부모님이 남동생만 데리고 강원도 영월의 광산 책임자로 돈벌러 갔기 때문이다.

나는 뒤쳐진 학업을 만회하려고 방과 후에도 학교에 남아 얼쩡대다 어스름 땅거미가 져야 집으로 돌아오곤 했다. 그런데 날이 갈수록 밥상이 초라해지기 시작했다. 밥 대신 호박범벅이나 (지금은 별미지만) 수제비가 주 메뉴로 상위에 올라오는 것은 이상 신호였다. 아니나 다를까, 겨울방학 첫 날 삯바느질 하던 할머니가 무겁게 입을 여셨다. 먼 친척 조카 녀석이 아버지가 주고 간 생활비를 매달 이자 두둑이 준다고 빌려 간 뒤 코빼기도 볼 수 없고 소식은커녕 매일 발이 부르트도록 찾아 헤맸지만 감쪽같이 사라졌다는 것이다.

겨우 열세 살 단발머리 여자애가 이 중차대한 문제를 어떻게 해결했을까? 부모님께 전화하라고? 맙소사, 전보가 통신수단이던 시절, 호랑이 담배 피우던 시절 얘기다. 이튿날 나는 할머니가 마련해준 여비를 가지고 부모님을 찾아 강원도를 향해 떠났다. 청주에서 조치원까지는 합승 택시를 탔던 것 같고, 영월까지는 기차를 탔는지 버스를 탔는지 기억에 없다. 오후 늦게 도착한 것만 기억한다.

강원도 영월은 해방되기 전인 1944년에 우리 가족이 소개疏開되어 갔던 곳이고 난 그곳에서 국민학교를 다닌 전력이 있는 터라 아주 낯설지는 않았다. 정서가 그렇다는 거지 기억

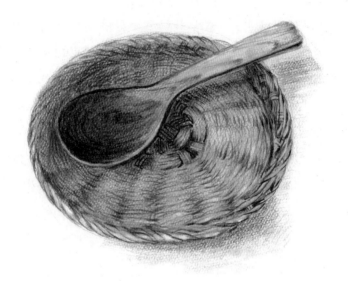

광주리와 주걱, 종이에 연필, 2021

나는 것은 아무것도 없다.

　기차역인지 아니면 버스 종점인지, 꽤 번화한 곳에 내려 내가 곧장 들어간 곳은 처음 눈에 띈 여관이었다. 우선 하룻 밤 자고 날이 밝으면 아버지가 있다는 옥동광산을 찾아 나설 작정이었다. 여관비가 있을 리 없지만 어떻게든 되려니 했다. 그러나 여관집 아주머니는 의심 가득한 얼굴로 나를 빤히 바라만 보았다. 내가 두서없이 떠들어대는 말을 가만히 듣고만 있던 아주머니가 갑자기 반색을 하며 "윤소장님 따님이구먼?" 하는 게 아닌가. 뭔 소린가 하면, 아버지가 가끔 지방 출장 갈 때 묵어가는 여관이 바로 '요기'라는 거다. 그러니까 내가 아버지 단골집을 운 좋게 들어왔다는 얘기지.

　아주머니가 차려주는 저녁 밥상을 안방에서 천연덕스럽게 받아먹고 여유 작작 읍내 구경까지 나섰다. 주머니에는 차비에 쓰고 남은 돈이 조금 있었다. 시장을 기웃거리며 한 바퀴 돌고 나오는데, 길바닥에 잡지며 헌책 나부랭이가 남포 불빛 아래서 어룽거렸다. 나는 자기 전에 책이나 읽어볼까 하고 손바닥만 한 책을 골라 들고 값을 물으니 마침 주머니 속의 돈과 맞아 떨어졌다. 책 제목은 《꽃 한 송이》. 남녀가 만나 수작 부리는 야한 이야기였다. 여관방에 배 깔고 누워 한참 신나게 읽고 있는데 밖이 소란스러워지더니 귀에 익은 음성이 들려왔다.

"아! 아빠."

나는 앞뒤 생각할 겨를도 없이 뛰어나가 아버지 품에 안겼다. 신기하기도 하지, 아버지는 다음 날 아침 출장을 떠날 예정이었는데 새벽에 볼 일이 있어 미리 읍내로 나왔다고 했다. 그 밤에 아버지는, 타고 온 트럭에 나를 태우고 옥동광산으로 달려갔다.

우리가 한밤중에 들이닥치자 예상대로 엄마는 기절초풍했다. 못 보던 사이에 훌쩍 커버린 딸을 엄마는 서먹해하는 것 같았다. 실은 나도 엄마를 보고 덥석 달려들 맘이 없었다. 그새 엄만 아무런 기별도 없이 아기를 낳아, 나에게 또 하나의 동생을 안겨준 것이다. 이번엔 여동생이었다. 아기는 건강하고 뽀얗고 예뻤다. 엄마도 살이 붙고 혈색이 좋았다. 원래 심술이 좀 있는 편이지만, 엄마의 행복한 모습을 보니 할머니와 내가 그동안 고생한 것이 (자초한 것이지만) 너무 화가 났고 엄마가 미웠다. 할머니가 걱정되었지만 모처럼 가족 품에 안겨 편히 발을 뻗었다. 종일 주술에 걸린 것 같은 하루였다.

이튿날 늦잠에서 깨어보니 아버진 일찍 출장을 떠난 뒤였다. 밖으로 나가 전날 밤에 어두워 보지 못한 집 주위를 기웃거리며 돌아다녔다. 어린 남동생 녀석이 새새거리며 따라 붙었다. 집이라고는 내가 자고 나온 곳이 유일했고, 앞에는 강이 있었다. 모래가 훤히 들여다보이는 강이, 병풍 같은 절벽을 끼고 유유히 흐르고 있었다.

상류 쪽으로 조금 올라가다 보니 수십 명의 사람들이 엎드려 강바닥 모래를 채로 거르고 있었다. 대한민국의 유일한 외화벌이로, 텅스텐 광업소가 강원도 영월군 상동읍에 있었고, 아버지는 강바닥 모래에서 텅스텐을 추출해내는 일꾼들의 관리 책임을 맡고 계셨다. 그러나 아버지는 작은 집을 살 만한 돈이 모이자 그 일을 그만두셨다. 이 역시 서울에서의 무서운 기억 때문이었다.

요즘 들어 내가 까마득한 옛날 일을 어제 일처럼 기억해내기는 흔치 않은 일이다. 어느 시기는 까맣게 지워지기도 하고, 잊었다는 사실 자체도 인식 못하기 일쑤다. 그런데 어째서 69년 전의 일은 한 편의 영화처럼 눈앞에 펼쳐지는지 모르겠다. 오롯이 나만 아는 사실이니 기억이 오염됐을 리도 없고, 사진 한 장 없으니 재편집 됐을 리도 없다. 단언컨대, 완전 오리지널이다.

깨알 기억을 하나 더 추가하자면, 옥동광산에서 지낼 때 밥해주는 아주머니와 심부름하는 총각이 있었는데 그 총각과 마주치면 내가 화들짝 긴장을 하거나 슬그머니 피해 달아났다는 사실이다. 그야말로 전에 없던 일이었다. 아마도 시장 바닥에서 산 그렇고 그런 책 《꽃 한 송이》가 그렇게 위력을 발휘한 모양이다. 돌이켜보면 그 겨울방학 이후로, 나는 질풍노도는 아니지만 나름 '볼 빨간 사춘기' 속으로 자박자박 걸어 들어갔다.

나의 사춘기 2

휴전이 선포되었다. 남쪽으로 피난 왔던 사람들이 연어 떼처럼 떠나온 곳을 향해 돌아갔다. 부산으로 피난 왔던 이화여중도 서울로 환도했으니, 나는 당연히 우리 가족도 따라가는 줄 알았다. 그러나 우린 진해에서 서울 집으로 돌아가다가 청주에서 발을 멈췄다. 아버지가 계속 엉거주춤하고 있는 사이 해가 바뀌었다. 나는 그런 아버지를 보면서 이화여중으로 돌아갈 수 없다는 사실을 눈치 챘다. 그럭저럭 지내는 동안 청주여자중학교 2학년이 되었다.

때가 되면 꽃이 피듯, 전쟁 북새통 속에서도 열네 살이 되자 갑자기 발육이 눈부시게 빨라졌다. 가슴이랑 엉덩이가 봉긋해지고 뭉툭했던 코끝이 오뚝해졌다. 그러나 아쉽게도 키는 더 이상 자라지 않아 맞바라보던 친구를 턱을 쳐들고 보게 되었다. 아버지를 닮아 골격 튼실한 것은 좋았는데, 어쩌자고 하필 날씬해야 할 다리가 코끼리같이 굵직해, 체육시간에 입은 반바지 아래로 눈부신 허연 넓적다리가 터질 듯 밀려 나와 나를 곤혹스럽게 했다. 그럼에도 시간은 잘도 흘러, 청주여중에서 저 혼자 이화여중 배지 달고 건방 떨던 피난민 학생 딱지도 이럭저럭 떨어졌고 학교생활도 잘 적응했다.

우리 반 담임은 국어 선생이었다. 총각인지 유부남인지 자못 헷갈리는 모습을 하고 있었는데, 별명은 '사이다 펌프'였다. 문학이 전공임에도 함축의 미美를 경시하고 장광설을 즐기다 보니 그의 입꼬리에는 늘 거품이 매달려 있었다. 문 대통령 입꼬리에서도 가끔 보이는 것이니 요즘 같으면 입방아에 올릴 일도 아니다. 비교할 게 따로 있지 언감생심 대통령의 입꼬리를 들먹여 매를 버느냐고 하겠지만 별 생각 있어서 하는 말은 아니고, 선생님 함자도 잊어버린 이 마당에 어쩌자고 불경스럽게 선생님의 침 튀는 모습만은 선연하게 떠오르는지, 그것 참 알다가도 모를 일이다.

세월이 많이 흘렀어도 그때나 지금이나 학생이라면 시험에서 자유로울 수 없다. 2학년 여름방학을 앞두고 1학기 중간고사 답안지를 받던 날, 나는 반 친구들 앞에서 야단을 맞았다. 처음이자 마지막이었던 그 일, 뭐 대단한 것으로 꼬투

과거에게

리를 잡힌 게 아니었다. 선생의 호명을 받으면 앞으로 나가 두 손으로 답안지를 받아들고 다소곳이 머리를 숙인 다음 제자리로 돌아오면 되는데, 답안지를 받을 때의 내 태도가 선생의 레이더망에 딱 걸린 것이다. 불손하다고 했다.

졸지에 난 불량학생으로 몰려 자리에서 일어나 벌을 서야 했다. 그냥 '잘못했습니다' 하고 선생님의 선처를 구하면 풀려날 것을, 난 꼼짝 안 하고 서서 선생을 노려봤다. 낮은 점수에 내 표정이 일그러진 것은 사실이나, 남을 해코지한 것도 아니고 답안지 채가는 손이 거칠었다고 하나 선생 손에 상처 낸 것도 아닌데 그게 뭐 그리 큰 잘못이라고 머리 숙여 빌겠는가? 난 선생의 부당한 처사에 묵비권으로 항의했다.

"너 이놈, 방과 후에 교무실로 와!" 선생이 교실을 나가면서 큰 소리로 말했다.

퇴근을 서두르는 교무실은 어수선했다. 나는 담임선생 책상 앞으로 가 버티고 섰다. 마주한 창밖으로 운동장이 훤히 보였다. 처음엔 아무도 나를 눈여겨보는 사람이 없더니, 차츰 교무실이 한산해지자 우두커니 서 있는 학생이 눈에 들어올 밖에. 짓궂은 도덕 선생이 비죽이 웃으며 놀렸다.

"너 밤새도록 그렇게 서 있을 거냐?"

내가 미동도 안 하고 앞만 바라보고 있으니까, "어디 잘해봐라" 쐐기를 박고 나가버렸다. 담임선생은 나를 세워둔 채 자기 볼일을 바쁘게 보는 척했다. 나는 생각했다. 선생님이 지금 건방진 녀석 하나를 꺾어서 반을 평정하려고 하는 모양인데 사람을 잘못 골랐다. 나는 별로 또래에게 영향력이 없다. 이화 배지 단다고 미움받던 게 엊그제다.

사실 담임은 학생들에게 인기가 별로 없었다. 나를 벌 세워서 하는 소리가 아니라, 한마디로 선생은 비주얼이 별로였다. 평범한 것 같으면서도 어딘지 아귀가 안 맞게 틀어지고 처지고 했다. 입 거친 아이들이 선생을 "빙충이"라고 찧고 까불어도 난 선생을 함부로 흉보고 놀려대는 불량학생과는 거리가 멀었다. 빙충이라는 두 번째 별명을 떠올리다 보니 갑자기 생각났는데, 선생 함자 중에 '충'자가 들어간다. 물론 '벌레 충 蟲'이 아니라 '충성 충忠' 자다.

솔직히 말하면, 아이들의 황당한 요구에 줏대 없이 휘둘리며 수업 시간을 쓰잘데기 없는 얘기로 채우는 선생을 빙충이라고 놀린다고 해서 그들을 욕할 마음은 없다. 수업 시간에 아이들이 선생님 말씀을 귓등으로 듣고 떠들어대는 것을 아이들 책임으로 돌리는 건 한창 기운이 거꾸로 뻗치고 엉덩이에 뿔이 솟는 무서운 열네 살 소녀들을 몰라도 너무 모르고

과거에게

하는 짓이다. 짓궂은 아이들이 엉뚱한 질문을 하면 표정 관리가 안 되는 선생은 헤식은 웃음을 흘렸고, 이때 입꼬리에 매달린 거품이 제 구실을 하는 바람에 사태를 더 악화시켰다.

이미 교무실은 텅 비고 운동장에는 땅거미가 졌다. 화장실도 급했고 빈 뱃속도 꼬르륵 소리를 내며 밥을 달라고 보챘다. 간신히 버티던 오기마저 슬그머니 꼬리를 내리자, 이 난처한 상황을 어떻게 수습해야 할지 몰랐다. 창밖으로 빈 운동장만 바라보는데 갑자기 쓸쓸한 마음이 들었다. 그 순간 뜨거운 눈물이 주르륵 흐르면서 멈출 수가 없었다. 그때 나와 마찬가지로 이 상황을 어떻게 끝내나 방황했을 선생님이 나를 흘끔 보고. 질겁하는 게 역력해 보였다.

"네가… 그래서… 내가 그런 건데… 사실은 그게…." 선생님은 다시 주절주절 사이다 거품을 물기 시작했다.
"이제 가도 좋다."

나는 아무 말 없이 머리채를 흔들며 발소리 요란하게 교무실을 나왔다. 내가 빙충이를 꺾었다고 으쓱대면서….
한 발 더 나아가, '선생님이 나를 좋아하는 거 아냐?'라는 앙큼한 생각마저 했다. 하지만 지금 생각해보니, 그 선생님은 그냥 우리가 무서워서 쩔쩔맸던 신참내기였을 뿐이다. 열네 살 사춘기 소녀보다 더 서툴렀던….

과거에게

교실 문을 빠끔히 열고 사환使喚이 코를 들이민다.

"아무개 학생, 지금 강당으로 오랍니다."

3학년 영반 70명 학생들이 일제히 나를 향해 고개를 돌린다. 나는 화학책을 접으며 뾰로통한 얼굴로 선생님을 쳐다본다. 수업 중이라 갈 수 없다고 한마디 해주길 바라며 미적대는데 오히려 선생은 못마땅한 눈길을 나에게 보낸다.

"어서 가지 왜 꾸물대냐?"

내키지 않는 엉덩이를 무겁게 들어 올리며 나는 짝에게 속삭인다.

"필기 잘해놔."

내가 배정받은 3학년 영英반은 특별반이다. 원래는 화和,

순順, 정貞, 열悅, 경敬, 다섯 반인데 특별한 목적을 위해 반을 하나 더 만든 것이다. 청주여자중학교는 매년 12월, 성대한 가을 축제를 연다. 연극, 합창, 독창 외에 그림, 서예 전시회까지 3학년 학생들이 주축이 되어 벌이는 잔치 한마당이다. 축제의 총괄을 맡은 도덕 선생은 합창 연습을 효과적으로 하려고, 노래 좀 한다는 애들을 모아 오디션을 거쳐 예능반을 만들었다. 그것이 바로 영반이다.

그 별난 무리에 내가 뽑힌 것은 그림을 좀 그리는 축에 들었기 때문이고. 연극 팀에까지 뽑힌 것은 어렸을 때 동네 아이들 모아놓고 자작극을 연출한 경력을 믿고, 다른 애들은 못한다고 꽁무니 뺄 때 두 손 번쩍 들고 "저요. 저요" 설쳐대는 바람에 도덕 선생 눈도장을 받았기 때문일 게다.

영반 담임은 당연히 음악 선생이 맡았다. 교실에 풍금을 갖다 놓으니 수업이 비는 틈틈이 연습을 해서 시간을 아낄 수 있었다. 정신연령에 비해 발육이 빨랐던 나는 변성기 또한 또래 아이들 보다 빨리 지나가 일찌감치 제 소리를 찾았다. 방과 후에 발성 연습한답시고 창문에 붙어 서서 운동장을 향해 악을 쓰면, 높고 맑은 목소리가 파도처럼 물결쳤다. 그 덕에 나는 축제에서 독창까지 하게 되었다. 영반 학생들은 방과 후면 어김없이 남아 합창, 독창, 연극 연습을 했다.

과거에게

음악 교사인 우리 담임은, 교장 선생님이 특별히 모셔 온 피아니스트였다. 키가 크고 얼굴도 잘생겼다. 특히 곱실곱실한 파마머리가 베토벤을 닮아 누가 봐도 예술가다웠다. 점잖고 과묵한 선생은 변덕스럽고 극성맞은 사춘기 소녀들에게 인기가 많았다. 하지만 그의 마음을 사로잡고 있는 건 오직 음악뿐인 듯했다. 선생과 내가 따로 노래 연습을 시작하기 전까지, 아니, 진실과 맞닥뜨릴 때 까지는 선생님을 진심으로 존경해 마지않았다고 단언할 수 있다.

강당에 가까이 가자 귀에 익은 피아노 소리가 흘러나왔다. 담임은 내가 부르기로 한 김성태 작곡의 〈동심초〉를 치고 있다. 문 밖에 우두커니 서서 귀를 기울인다. 이미 수십 번도 더 들은 곡인데도 마음이 울적해진다.

넓은 강당 안은 썰렁하다. 무대 쪽을 향해 종종걸음으로 달려가는 나를 보고 담임이 계속 피아노를 치며 미소를 띤 채 손을 뻗는다. 어서 와서 손을 잡으라는 신호다. 나는 자석에 끌리듯 담임의 손을 잡는다.

"자, 입은 크게 벌리고, 배는 안으로 당기고, 호흡은 위로 끌어올리고."

담임이 한 손으로 건반을 쾅쾅 두드리며 힘주어 말하지만, 내 목소리는 점점 안으로 기어들어간다. 노래 부를 기회를 거머쥐긴 했지만 막상 무대에 선다고 생각하면 대뜸 명치부터 울렁거린다. 솔직히 말하면 나는 성악을 할 재목이 못된다. 성량이 턱없이 부족한 것이다.

"더 크게! 목젖을 열고."

선생이 뚫어지게 쳐다보며 힘주어 말한다. 그러나 난 고집스럽게 입술을 오므린 채, 입 안에 감추고 있는 덧니가 드러날까 봐 고개를 외로 꼬고, 전력을 다해 목소리를 짜낸다.

"한갓되이 풀잎만 매~에즈~려어느~은고~."

고음과 긴 호흡이 절정을 향해 달리는데 선생의 손아귀도 리듬에 따라 쥐락펴락 바쁘게 움직인다. 아무리 애잔한 가사에 감정을 실어보려 해도 축축한 손바닥 때문에 신경은 온통 손에만 가 있다.

'손을 뺄까? 그러면 선생이 무안해하지 않을까? 그래, 아무렇지 않다는 듯 손에서 신경을 꺼야지.'

덧니 감추랴, 노래 부르랴, 제정신이 아니다. 머릿속은 북새통인데 넓은 강당 안은 조용히 출렁대는 멜로디로 처연하기만 하다.

과거에게

꽃잎은 하염없이 바람에 지고
만날 날은 아득타 기약이 없네
무어라 맘과 맘은 맺지 못하고
한갓되이 풀잎만 맺으려는고

  담임은 나를 수시로 불러내 노래 연습을 시켰고 그때마다 내 손은 고역을 감수해야 했다. 그랬음에도 선생님이 나의 재능을 알아보았고 특별히 아꼈다는 것에 한 점 의심을 하지 않았다. 분에 넘치는 역할이 부담스럽긴 했지만, 학교 내에서 특별한 존재가 된 것을 마다할 정도는 아니었다.
  그런데 어느 날 친구들이 모여 떠드는 곳에 우연히 끼었다가 끝까지 몰랐으면 좋았을 얘기를 듣게 되었다. 음악 선생이 자기 손만 보면 조몰락거린다고 어떤 친구가 투덜대는 것 아닌가. 난 아무 말도 안하고 그 자리에서 슬그머니 빠져나왔다. 엷은 실망과 함께 무안했다. 이후로 누구에게도 그 얘기를 하지 않았다.

  한창 '미투'로 떠들썩할 때 딸과 TV를 보다가 65년이나 묵혀두었던 얘기를 쬐끔 뻥튀기해서 들려줬다. 배꼽 쥐고 웃던 딸이 미투는 그렇게 아무 데나 갖다 붙이면 안 된다고 퉁

바리를 줬다. 그러면서 하는 말.

"선생님이 엄마를 많이 아꼈구먼."

오랫동안 마음 한구석에 찜찜하게 남겨두었던 찌꺼기를 깔깔 웃으며 날려버릴 수 있었다. 역시 내게 미투는 무리다. 미투는 아무나 하나?

울 엄마

까맣게 잊고 있던 엄마가 문득 생각날 때가 있다. 그럴 때면 그립기도 하고 죄송한 마음이 든다. 나의 엄마는 몸집이 자그 마하고 얼굴선이 가냘펐다. 예쁜 얼굴은 아니지만 그렇다고 밉지도 않았다. 성품은 사근사근했으나, 줏대가 없고 의존적 이었다.

1951년 겨울, 우리 가족은 해군 복무 중인 형부와 언니 의 도움으로 진해 중심가에 방 하나 딸린 상점을 얻어 피난 보따리를 풀었다. 온종일 같은 노래를 틀어대며 자신의 존재 를 과시하는 낡은 극장이 바로 코앞에 있어 조용할 날이 없 었다. 낯선 곳에서 용케 중심가에 터를 잡았으나, 아무리 위 치가 좋아도 엄마는 막상 장사는 엄두도 못 냈다. 평생 장사라곤, 전쟁이 한참이던 여름 동대문 시장 바닥에서 삼겹살에 고추장 발라 구워 판 경력이 전부였기 때문이다. 그러나 엄만 뜨개질 솜씨가 일류였고, 할머닌 바느질 솜씨가 뛰어났다. 차츰 인근에 소문이 나면서 일거리가 들어왔다.

주변머리 없는 아빠는 물건 파는 일엔 소질이 없었으나, 그래도 손바닥만 한 가게를 빌려 라이터 장사를 시작했다. 라이터돌을 갈아주거나, 고장 난 라디오, 축음기 등 무엇이든 망가진 고물을 잘 고쳐주었는데, 문제는 가끔 돈을 안 받아 엄마의 빈축을 샀다.

엄마는 원래 잔소리꾼으로 유명했다. 살림이 궁핍해지자 그놈의 잔소리가 극장에서 흘러나오는 노래 가락에 맞추어 하루 온종일 돌아갔다. 물론 손 또한 쉬지 않고 날렵하게 뜨개질을 떴다. 할머니는 아들 흉을 들으며, 묵묵히 바느질손을 놓지 않았다.

남의 집 처마 밑에서 돈 좀 벌어보겠다고 허접쓰레기와 씨름하다가 귀갓길에 가끔 마시는 술을 엄만 절대 용납을 못했다. 쓸데없이 돈을 낭비한다면서 시작되는 잔소리는 옛날 옛적 술 마시고 실수한 얘기로 이어지고, 아빠가 자리를 피해 나갈 때까지 집요하게 이어졌다.

친정아버지와 어머니, 종이에 연필, 2021

남자가 술 마시고 실수했다면 자칫 바람피웠나 오해할 소지가 있지만 우리 아빤 평생 한눈 한 번 판 적이 없는 분이다. 엄마는 당신의 매력이 출중해서 그렇다고 믿는 모양이지만, 천만의 말씀이다. 아빠는 프랑스 배우 샤르르 보와이에를 닮았는데, 특히 눈꼬리가 처지고 골이 진 네모난 턱에 푸르스름한 면도 자국은 서구적인 매력을 풍겼다.

운수 사나운 어느 날, 아빠가 얼큰하게 한잔하고 어스름 녘에 비틀거리며 돌아오다가 길가 개천으로 곤두박질쳤다. 다행히 동네 사람들이 끌어내주어, 얼굴은 조금 긁혔지만 멀쩡히 걸어 들어오셨다. 다만 미군부대에서 흘러나온 값비싼 라이터며, 고쳐달라고 맡긴 남의 물건들까지 시궁창에 처박았으니 엄마의 잔소리가 오죽했겠나. 밤새 마음 졸이던 나는 날이 밝자마자 한달음에 개천으로 달려갔다. 이미 아빠는 먼저 도착해서 흩어진 물건들을 줍고 있었다. 아빠 옆에서 흙 범벅이 된 깨알 같은 라이터돌을 주우며 내가 간절히 말했다.

"그냥 다 버리면 안 돼?"

아버진 꿀 먹은 벙어리처럼 말이 없었다.

예상한 대로 어머니의 잔소리가 또 시작됐다. 한 소리 또 하고, 한 소리 또 했다. 아빠가 내 눈 앞에서 또 사라질까 봐

겁이 났다.

"그만 좀 해! 엄마!" 내가 소리쳤다.

서울에서 청주로 걸어가던 피난길에 우린 아버지를 한번 놓친 적이 있다. 할머니와 어린 동생은 할머니 친인척의 도움으로 군 트럭을 얻어 타고 먼저 떠났고, 우리 세 식구는 보따리를 둘러메고 피난길로 들어섰다. 한 겨울에, 몸은 춥고 배는 고프고 무거운 짐까지 졌으니, 하루에 삼십 리(12킬로미터) 걷기도 힘들었다. 처음엔 멋모르고 걷다가 며칠 지나자 아무 생각 없이 팔 다리가 자동 기계처럼 움직였다.

그렇게 피난 무리에 휩쓸려 가다가 고개를 들어 앞을 보니 아빠가 안 보였다. 엄마의 짜증 섞인 넋두리는 아빠가 없는데도 멈추지 않았다. 나는 아빠를 찾아 앞으로 내달렸다. 아빠처럼 위아래 흰색 옷을 입은 사람이 대로를 벗어나 논두렁 길로 가는 것을 보고 나도 그 길을 따라갔다. 마을 어귀에 다다라 가까이 보니 아버진 줄 알고 따라간 사람은 흰 바지 저고리 입은 농부였다. 이미 사방이 어두워졌고, 되돌아갈 길은 멀었으며 기력도 남아 있지 않았다.

두 다리 뻗고 앉아 체면불고하고 엉엉 울 수밖에. 아빠와 영영 헤어진 줄 알았기 때문이다. 동네 초입에 다 사위어가는 모닥불 옆에서 밤을 샌 다음 날 아침, 왔던 길을 되돌아가 피난민 행렬을 정신없이 헤집고 다니는 아버지를 겨우 붙잡았다. 아버지를 보자마자 다시 쫑알대기 시작하는 엄마가 그렇게 미울 수가 없었다.

엄마에게 나는 어떤 딸이었을까? 가끔 생각해본다.

인정머리 없고 잘난 척하고 곰살맞은 데라곤 씨알머리도 없다. 중학교 졸업식 날도, 단지 엄마의 키가 작다는 이유로 아빠만 오라고 못을 박아 엄마를 화나게 했다.

딸의 신뢰를 받지는 못했어도, 성품이 고운 엄마는 평생 많은 사람의 도움을 받고 살았다. 시어머니가 당신 돌아가시는 날까지 며느리 살림을 도맡아 해줬고, 아버지도 폭풍 잔소리 들어가며 오직 엄마만 사랑했다.

글을 쓰는 도중 딸이 왔기에, 넌 외할머니를 어떻게 기억하냐고 물었다. 딸은 애매한 웃음을 흘리며 외할아버지와 함께한 기억은 많지만 할머닌 그냥 할아버지의 그림자 이미지로만 남아 있단다.

청상과부 시어머니와 40여 년을 함께 살았고, 이상과 꿈만 높았던 남자 옆에서 육 남매를 키웠는데 당신의 삶이 안

과거에게

보인다는 건 서글픈 일이다. 남편의 그늘에서, 자식들 틈바구니에서, 희미한 존재로 남아 있는 엄마를 지금이라도 껴안고 싶다. 그리고 많이 사랑했노라고, 잔소리 많고 키 작았던 엄마를 실은 무척 사랑했다고 말하고 싶다.

동생 떨이

나에게는 여자 형제가 다섯이나 있다. 언니는 6.25전쟁이 일어난 다음 해에 결혼해서 집을 떠났고, 여동생 셋은 피난살이 하던 청주에서 태어났다. 그러니까 간단히 말해 둘째였던 내가 그때부터 맏이 역할을 떠맡게 되었다는 얘기다.

내가 중학교 1학년 때 태어난 넷째는 살결이 유난히 희고 통통했다. 학교에서 돌아오면 나날이 무거워지는 동생을 끌어안고 집 근처 무심천 둑길을 오르락내리락하면서 저녁 밥상이 차려질 때까지 아기를 돌봤다. 우리 온 식구는 뜨내기 피난살이에 익숙했고, 웬만큼 불편한 것은 고생으로 치지도 않았다.

콧구멍만 한 월세방 두 개는 여섯 식구에게 턱없이 부족했지만, 삶은 삶인지라 셋째가 미처 기저귀도 떼기 전에 어머

니는 또 동생을 임신했다. 그해 여름이 끝날 무렵, 사위가 어
둑해지면서 시작된 어머니의 진통은 한밤중까지 이어졌다.
전구 하나로 두 방을 밝히려고 벽에 뚫어놓은 구멍 사이로 밤
새 들려오던 신음소리가 새벽녘에야 끝이 났다.

다섯째는 유독 피부가 까무잡잡했다. 다른 형제들과 달
리 눈이 쌍꺼풀 졌고 사시斜視였다. 12시와 1시 방향으로 각
기 다른 곳을 보는데 묘하게 귀여운 구석이 있었다. 놀리느라
고 다리 밑에서 주워왔다고 하면 그 말을 곧이듣고 쉽게 울었
다. 내가 청주를 떠나 서울로 올라올 때까지 다섯째는 귀염받
는 막내둥이였다.

나는 어렵게 시작한 대학생활을 접고 화가와 결혼했고,
바로 아이를 가졌는데, 큰아들의 첫돌을 치르자마자 남편이
세계청년작가대회에 참석차 파리로 떠나는 바람에 도로 청주
친정으로 내려올 수밖에 없었다. 그런데 와보니 놀랍게도, 어
머니는 또 다시 임신을 해서 만삭이었다. 더 어이없는 일은 내
아들이 두 살 연하의 이모님을 모시는 신세가 되었다는 것이
다. 더불어 다섯째의 막둥이 호시절도 그렇게 쓸쓸히 막을 내
렸다.

만약 그 이후의 결혼생활이 여유롭고 풍족했다면 청주

친정집을 뻔질나게 들락거리며 동생들을 지켜보았을 테지만, 넉넉지 못한 살림 때문에 친정에 가보지 못하는 새, 아이들이 훌쩍 커버렸다.

그나마 동생들을 가까이 두고 보기 시작한 것은 10년의 피난생활을 정리하고 서울로 환도하고부터다. 허긴 '환도'라는 단어는 이미 퇴색된 시점이라서, '이사'했다는 말이 옳은 표현이겠다.

어쨌든 친정은 청주에서 제법 큰 집을 장만했고 사는 형편도 좋아졌지만, 그래도 객지라는 생각을 떨치기 어려웠던지 집을 팔고 서울로 올라와 신촌 쪽에 작은 집을 사서 자리를 잡았다. 그리고 집에서 삼 분 거리인 신촌 로터리에 작은 문방구를 인수해서 생활을 시작한 덕분에, 그때부터 내게도 비빌 언덕이라는 것이 생겨났다.

우리가 흔히 '신영극장 뒤편집'이라고 부르는 부모님의 새 집은 가파른 언덕에 지어진 방 세 개짜리 양기와 집이었다. 때는 왔다! 월세로 쫓겨다니던 우리 부부는 염치불고하고 친정집 문간 방으로 밀고 들어갔다. 그나마 고교 입시 준비를 하느라 청주에 남아 있던 남동생 때문에 가능했던 일이다. 1년 후 녀석이 학교를 졸업하고 올라오면 방을 내줘야 할 처지였지만, 그래도 전세금을 저축할 천금 같은 시간을 확보한 셈이었다.

집을 6개월마다 옮겨다니는 불안한 생활을 면하자, 나는 살림꾼인 할머니에게 차분히 요리도 배우고, 없는 살림을 꾸려나가는 노하우도 전수받았다. 부모님은 문방구를 운영하느라 늘 새벽에 나가 한밤중에 들어오셨다. 당시 신촌로터리에는 1번 버스 종점이 있었고, 문방구에서 버스 회수권과 담배를 취급했기 때문에 좁아터진 가게 안은 꼭두새벽부터 운전기사와 학생들로 늘 바글댔다. 두 분 다 장사가 처음이라서 잘 버텨내실까 걱정이었지만, 장삿속 어두운 아버지는 오히려 정직함 하나로 신용을 얻어 가게가 날로 번창했다. 물론 어머니의 뛰어난 사교술도 한몫했음이 틀림없다.

두 분이 문방구에서 고군분투하는 동안, 내 동생들은 예전에 나와 언니가 그랬듯 할머니 손에서 성장했다. 넷째는 욕심쟁이에다가 울기도 잘하고 떼도 잘 써 속수무책이었고, 막내는 어리고 여리니 늘 할머니 품에서 보호를 받았다.

그런데 다섯째는 특별히 가족의 관심을 끌 만한 게 없었다. 있는 듯 없는 듯 늘 조용했고 어른을 귀찮게 하는 법도 없었다. 그런 다섯째가 무슨 심보였는지 다람쥐처럼 조용히 문방구를 들락거리며 부모 몰래 계산대에서 잔돈푼을 들고 나왔다. 물론 크면서 그 버릇은 자연스레 없어졌지만, 그로 인해 오래비한테 매 맞은 기억이 상처로 남았는지 나이 60이 넘도록 제 오빠 앞에서 기를 펴지 못한다.

오빠가 저만 미워했다고 하는데, 당시를 목격한 내가 봐도 아주 헛소리는 아니다. 샌님 소리 듣던 남동생이 장사하느라 여념 없는 부모 대신 동생들 챙긴다고 시도한 게 그만 부작용을 일으킨 듯하다. 몇 년 뒤 일이지만, 재수한다고 방구석에서 2년이나 씨름할 때이니 더 예민하게 굴었을 수도 있다. 넷째는 곰처럼 열심히 공부하는 데다 조금이라도 나무라면 불곰처럼 덤벼들곤 했으니 아예 건드릴 생각을 못했을 것이고 막내는 어리고 귀여워서 혼낼 일이 없었을 것이다. 반면 다섯째는 눈치는 빤한데, 하라는 공부는 안하고 잔머리만 굴리니, 눈에 띌 때마다 혼구멍을 냈을 터이다.

비록 가족의 관심은 받지 못했지만 그래도 다섯째가 예쁜 처녀로 성장하는 데는 누구의 방해도 받지 않았다. 학교 성적은 좋지 않았으나 예능 쪽으로는 기대치를 웃돌아, 중학교를 졸업하고 내가 우겨 6년제의 홍익 전문대에 들어갔다. 내가 우긴다고 그렇게 4년제 대학을 쉬이 포기하고 전문대에 간 다섯째를 생각하면 지금도 마음이 편치 않다. 동생들 빨리 치울 생각보다 크게 키울 생각을 했다면, 그들의 삶이 지금보다 더 좋아져 있지 않을까 생각할 때가 있다.

그 시절은, 여자가 나이가 차면 어서 결혼을 시키는 것이 최선의 길이라 여기던 때였다. 졸업 후 하는 일 없이 엄벙덤벙 지내던 다섯째를 1년 가까이 내 집에 데리고 있으면서 살림을 가르쳤다. 자존감도 키우고 사교술도 익혀서 훌륭한 집안에 시집을 보낼 생각이었는데, 연애 한 번 못해본 넷째가 떡하니 앞을 가로막고 있으니 우선 그애부터 치워야 했다.

마침 남편 제자 중에 대학을 졸업하자마자 고등학교에서 교편생활을 시작한 성실하고 외모 수수한 노총각이 있었다. 부산이 고향이고 여섯 형제의 장남이라는 것이 좀 마음에 걸리긴 했으나, 워낙 맘에 들어 놓치고 싶지 않았다.

크리스마스를 앞둔 어느 날 나는 동생들을 불러 만두를 빚게 하고 그 총각을 초대했다. 격식 없이 주방 아랫목에 불러 앉혀놓고 내 막내딸까지 합세해 여자들 넷이 떠들썩 분위기를 띄웠다.

여자들이 둘러 앉아 눈에 불을 켜고 쳐다보고 있는 가운데, 큰 대접에 만두 스무 알이 둥둥 뜬 뜨거운 국을 꾸역꾸역 목 뒤로 밀어 넣기 바쁜 총각은 눈 앞에서 처녀가 둘이나 얼쩡거리는데도 곁눈질을 할 새가 없었다. 그때까지 나는 어느 집이나 만두를 좋아하고 누구나 그 정도는 먹어치우는 줄 알았다. 부산 사람들이 만두를 별로 안 좋아한다는 건 나중에 알았다.

그 상황에서 넷째가 그의 환심을 살 만한 예쁜 짓이라도 했으면 좋았으련만, 곰처럼 굼뜬 녀석이 눈치 없이 속터지는 소리만 해댔다. 상황 파악이 빠른 다섯째가 잽싸게 끼어들어 총각에게 크리스마스 이브에 홍대앞 거리를 구경시켜주겠다고 애교스럽게 제안했다. 그날 이후 두사람의 만남이 자연스럽게 이어졌고 노총각은 결혼을 서둘렀다. 까딱하다간 동생이 먼저 시집가게 생겼으니 곰탱이 넷째를 생각하면 후끈 달아오를 수밖에.

우물쭈물하다 발등에 불 떨어진 넷째를 구슬려 정성껏 화장시키고, 세련되게 옷도 입혀서, 자그마치 열한 번이나 맞선자리에 데리고 다녔으나 번번이 성사가 안 됐다. 지칠 대로 지친 나는 열두 번째 맞선 자리에서는 죽이 건 밥이 건 알아서 하라며 모르쇠 했다. 그런데 신기하게도 신촌역 광장에서 딱 한번 만나보더니, 눈에 콩깍지가 씌었는지 서로 첫눈에 반해, 다섯째보다 먼저 결혼 날짜를 잡았다. 이런 불가사의가 있다니, 그럴 줄 알았으면 맞선 자리에 진작 저 혼자 내보낼 걸 공연히 나만 헛수고한 셈이다.

지나고 보니 세월이 참으로 무상하다. 아롱이다롱이 여동생들 치우려고 동분서주 바빴던 때가 엊그제 같은데, 이제 형제라고는 머리 허연 남동생과 다섯째만 곁에 남아 있다. 굼뜨던 넷째는 제일 빠른 행보로 저세상에 갔고, 막내는 캐나다로 이주한 지 오래됐으며, 언니는 요양소 신세를 지고 있다.

KBS 방송국 PD로 천재(?) 소리 듣던 남동생은 암 투병 중인 마누라 따라 여기저기 요양병원을 옮겨 다니면서 '사는 게 뭔지'를 늦게나마 배우고 있고, 중년의 나이에 남편을 잃고 혼자 되었지만 그래도 아직 건재한 다섯째는 어린 시절과 다름없이 있는 듯 없는 듯 조용히 제 분수를 지키면서 살고 있다. 빠른 눈치는 순발력으로, 잔머리는 지혜로 거듭나며 사위어가는 윤 씨네 딸들의 자존심을 그렇게라도 지키고 있으니 고마운 일이다.

봄나들이

1995년 4월 27일, 해마다 하는 말이지만 아버진 정말 좋은 계절에 돌아가셨다. 기일 하루 전날 공원묘지 가는 길, 경부 고속도로 갓길 언덕위로 온갖 꽃들이 한꺼번에 피어서 나부꼈다.

　우리 형제는 육 남매다. 넷째 여동생은 한창 나이에 아들 하나 남기고 저세상 사람이 됐고, 다섯째는 이른 나이에 홀몸이 되더니 자식새끼 돌보기에 여념이 없고, 막내는 시집 따라 캐나다로 가더니 한국엔 돌아올 생각도 없는 것 같다. 나보다 다섯 살 위인 맏이 언니는 늙어 거동이 자유롭지 못해 자식 곁을 떠나 시골 요양소에 신세를 지고 있다.

과거에게

몇 년 전만 해도 아무 때나 맘 내키면 휭하니 산소를 다녀왔다. 삼대독자 남동생이 10년 가까이 꼬박꼬박 지내던 아버지 제사를 왠지 걷어치웠는데 그 후로는 그나마 형제들이 한자리에 모여 얼굴 볼 기회도 없어져버렸다. 안타깝게도 내 묘소 방문도 나이 핑계 삼아 매년 줄어든다. 올 들어 부쩍 마음이 바빠진 것도 나이와 무관할 수 없겠으나 이번엔 필히 동생들을 앞세우고 가려니 기일이 가까워 올수록 조바심이 났다.

늙은 내가 운전해 가겠다고 하니까 애들이 펄쩍 뛰었다. 결국 멋쟁이 기사가 딸린 9인승 벤을 렌트했다. 며늘아기가 가다가 드시라고 음료수에 과자, 물티슈까지 준비해서 실어주었다. 큰 언니와 막내가 빠진 남은 네 명은 한껏 들뜬 기분으로 산소를 향했다. 수학 여행 가는 학생들처럼 캔 커피를 마시고, 방울토마토를 우적우적 씹으며, 간간히 별것도 아닌 말에 배꼽을 잡고 웃어댔다.

1972년 봄, 63세 되던 해 아버지는 자주 목이 쉰다고 Y대 이비인후과에서 성대 조직검사를 받으셨다. 일주일 후 보호자와 함께 방문해달라는 전화를 받고 달려갔더니 의사는 아버지를 앉혀놓고 자신에 찬 어투로 성대 암 진단을 내렸다.

그것도 모자라 6개월 시한부 사망 선고까지 내렸다. 담당 의사는 당장 입원하는 것이 최선이라고 선심 쓰듯 말했다. 그날로 다른 병원으로 달려가 아버지의 성대 조직을 또다시 떼어주고 왔는데 일주일 만에 암 진단은 오진으로 판명 났다.

내 기억으로는 아버지가 어디 아프다고 끙끙거리는 것을 뵌 적이 없다. 골격이 크고 건장하실 뿐 아니라 젊어서는 유도도 하셨고 테니스도 즐겨 하셨다. 당신 자신도 건강만은 자신 있어 했다. 그러나 어쩐 일인지 오진이라고 판명난 후에도 여전히 의사 말을 믿기지 않아 하셨다.

아버진 20년을 암 공포에 떠시고 나머지 3년은 암 허깨비와 싸우시다 결국 당신의 의지대로 목숨을 끊었다. 아버지는 생의 마지막 스무하루를 진통제와 물만으로 버티셨다. 그래도 통증은 가라앉지 않았다. 기껏 내가 할 수 있는 일이란 아버지의 앙상한 손을 물수건으로 문질러드리는 게 고작이었다. 처음엔 설마설마하면서 하루하루를 보내다가 20일째 단식으로 이어지자 애타던 마음도 무뎌지고 마음의 고통도 견딜 만해졌다. 오래 사시라고 여러 해 전에 장만한 수의도 꺼내 거풍도 하고 친인척들의 전화번호도 확인하고 오래전에 사놓았던 공원묘지에 전화까지 해두었다. 모든 일이 남의 일처럼 덤덤했다.

그렇게 20일을 보내고 21일이 되던 날 아침, 요양소에서 전화가 왔다. 간호사는 들뜬 목소리로 아버지가 음식을 드시겠다고 해서 미음을 준비 중이라고 했다. 전화를 끊고 난 주방 식탁에 앉아 한참을 멍한 마음으로 앉아 있었다. 죄책감이 고개를 들었다. 혼자 떠안은 일이라 누구의 탓으로 돌릴 데도 없었다. 내가 아버지의 자살을 방치한 공범이었으니까. 난 요양소로 달려가는 대신 하루 종일 늘어져 잠만 잤다.

다음 날 일찍 채비를 하고 요양소로 가려는데 간호사가 또 전화를 했다. 아버지가 목욕 중에 돌아가셨다고. 아버지의 임종을 아들도 딸도 지켜보지 못했다.

남동생은 전형적인 공부벌레라곤 할 수 없으나 학업 성적은 늘 상위권이었다. 따라서 아버지도 아들한테 거는 기대 또한 상위권이었다. 부모님의 사랑을 독차지했던 남동생은 어렸을 때부터 성격은 밝고 재기는 넘쳤다. 그러다 여동생이 하나둘 태어나면서 차츰 과묵한 아이로 변해갔는데 아마 중학교 3학년 2학기쯤 그러니까 피난지 청주에서 10여 년을 살다 간신히 서울로 환도하면서—환도라는 말이 무색할 정도로 타지에서 오래 버텼다—동생은 반 학기를 그곳에 혼자 남아 고등학교 입시 준비를 했고 기특하게도 중학교를 수석으로 졸업했다. 그때까진 아버지와 아들 사이에 아무 문제가 없었는데 서울 올라와 고등학생이 되고 대학 입시 준비를 하고부터 부쩍 말수가 적어지더니 툭하면 볼멘소리로 아버질 화나게 했다.

의과대학에 떨어질 때마다 하다못해 학원 등록이라도 하라 하면 벌컥 성질부터 부렸다. 제방에 틀어박혀 잘 나오지도 않았다. 방청소도 못하게 했다. 식구들과 말을 섞지 않으니 그놈의 속을 알 수가 없었다. 부모님은 하루 종일 가게 일에 매달려 있고 아홉 살이나 터울진 누나와 어린 여동생이 말 상대될 리 없었다. 결국 삼수도 실패로 끝났고 의과대학과는 인연이 없다는 것을 가족 모두가 인정해야 했다. 2차로 외대 불문과에 들어가 재수생 딱지는 떼었으니 그나마 다행이었다.

남동생이 대학 2학년 때, 몰래 휴학을 하고 매일 학교 간다고 도서관 가서 땡땡이치고 두 학기 등록금 떼먹은 것도 우린 감쪽같이 몰랐다. 얄밉게도 그해 조선일보 신춘문예에 희곡 부문에 당선이 되어 야단칠 수도 없게 됐다. 경사였다. 그러나 들뜬 기쁨도 잠시, 아버지와 아들의 벌어진 틈새를 메우기에는 아쉽게도 역부족이었던 것 같다. 아버지 앞에서 동생은 늘

겉돌았고 서먹해했다.

동생이 대학을 졸업하고 취직하고 결혼하고 아이 둘 낳고, 그리고 이혼하는 동안 아버진 늘 기대와 실망을 오가며 전전긍긍하셨다. 결국 동생은 아이 둘을 떼어놓은 채 달랑 맨몸으로 부모 집으로 들어왔다.

불혹의 나이에 돌아온 아들은 많이 달라진 듯했다. 착실하게 직장에 나갔고 부모한테도 다정했다. 아버지와 낚시도 다니고 두 분 모시고 여행도 다녔다. 훗날 아버진 그때가 가장 행복하셨다고 했다. 그러나 안타깝게도 그리 오래 누리지는 못했다.

23년 전 아버지 성대에 염증을 치료해준 분이 종합병원을 그만두고 개인병원을 차렸는데 그분은 이비인후과 최고 권위자로 알려진 분이었다. 아버진 별다른 이유도 없이 20년이나 다니던 그곳을 마다하고 강남 성모병원으로 옮겼다. 거기서 염증이 암으로 발전할 수도 있다는 의사의 진단을 받아냈다. 아버지는 기다렸다는 듯이 병원을 부지런히 들락거리며 암과의 싸움을 예고했는데 그 후로 조금씩 행동이 달라졌다.

벼룩 잡으려고 초가삼간 태운다는 속담처럼 아버진 암으로 발전할 수 있다는 당신의 성대를 방사선으로 선제공격을 하겠다고 우기셨다. 그러나 방사선 치료는 식도에 더 큰 화를 불러들여 침이건 물이건 호흡기로 넘어가는 위험한 상황이 벌어졌다. 그 후로 두번의 수술이 진행되었고 결과는 참담했다. 호흡은 목에 뚫어놓은 구멍으로 했고 음식은 유동식을 직접 위에 공급했다. 목이 쉰다고 갑갑해하던 한 달 전 모습은 간곳없고 갑자기 중병 환자가 되어 병원에서 나와 요양소에서 생을 마감할 때까지 병상에서 벗어나지 못했다.

여동생 셋 중에서 유독 다섯째는 피부도 혼자만 까매서 식구들이 다리 밑에서 주워 왔다고 놀리면 그 말을 곧이 믿었다. 이제 나이들어 뱃심이 생겼는지 오라비한테 맞고 자랐다고 은근히 내비치지만 누구도 그 말을 곧이듣지 않는다. 이제 때린 놈이나 맞은 놈이나 흰머리를 감출 수 없는 나이가 됐다. 과묵했던 남동생도 환갑이 지나니 말이 많아졌다. 아버지를 많이 사랑했다고 생전 안 하던 말을 다했다. 그러나 무슨 말을 해도 아버지를 홀로 외롭게 돌아가시게 한 변명은 될 수 없다. "됐고." 내가 검지를 치켜들고 소리쳤다. 타이밍이 적절했다. 우린 돌아가면서 '됐고'를 외쳐댔고 모두 와르르 웃어댔다.

돌아오는 길은 교통 체증이 심했다. 에어컨 틀긴 이르고

과거에게

그냥 가자니 후덥지근해서 차창을 조금씩 열었다. 각자 어두운 창밖을 멍하니 내다보며 먹다 남은 과자 부스러기를 주워 먹었다. 아무도 아버지 얘기를 하지 않았다. 그냥 묵묵히 흔들리는 차에 몸을 맡기고 간간히 운전기사의 시답잖은 농담에 하하하 웃었다.

3
·
부부의 세계

수련 살리기

우리 부부는 서너 달에 한 번씩 제주도 집에 내려가 일주일쯤
쉬다 온다. 쉰다니까 바닷가도 어슬렁거리고 올레 길도 걷고
드라이브도 하는 줄 알겠지만, 천만에 말씀이다. 공항에 내리
기 전 하늘에서 내려다보는 바다가 고작이다. 가끔 회 먹으러
바닷가에 가긴 하지만, 곧장 식당으로 직행하니 바다를 본다
고 할 수는 없다.

오지로 알려진 제주도 서남단 한경면 저지리에 지역 문
화사업의 일환으로 예술인 마을이 조성되었고, 그 중심에 시
립현대미술관이 세워졌다. 그리고 예술 종사자들 누구에게나
땅 분양권을 주겠다고 했다. 도시 사람들에게 제주도 땅을 주
겠다는데 누가 마다하겠는가?

헐값에 땅을 준다는 공무원 말에 넘어간 남편이 제주도에 덜컥 발을 들여놓은 것이다. 거저 얻은 것이나 다름없다는 땅에 원두막을 짓는다고 해서 설마 했는데, 2007년인가 집 보러 갔다가 깜짝 놀랐다. 원두막이라고 하더니 웬걸, 30평은 돼 보이는 흰색 건물이 300평도 넘는 마당에 둘러싸여 햇빛에 반짝이고 있는 게 아닌가? 습기 많은 환경을 고려해 2미터는 됨직한 기둥을 세우고 그 위에 덜렁 집을 지었다. 어이없어하는 나를 보더니 남편이 '원두막 콘셉트'로 지었다고 우겼다.

땅과 떨어져 있으니 습기는 걱정 안 해도 되는 줄 알았다. 그러나 거의 1년간 곰팡이와의 싸움이 얼마나 치열했던지, 그때부터 남편이 제주도 가자고 하면 난 우선 펄쩍 뛰기부터 한다. 싸워야 할 적은 곰팡이뿐만이 아니다. 풀과 모기는 가히 살인적이다.

첫해 여름에 마당에 풀을 뽑고 온통 땀에 젖어 화장실 들어갔다가 거울에 비친 내 몰골을 보고 기절하는 줄 알았다. 퉁퉁 부어 일그러진 놀란 괴물의 모습이 거기 있었기 때문이다. 제주도 모기는 크기도 하지만 색도 시커멓다. 이름도 깔때기라고 하던가? 아무튼 독종이라 한번 물리면 미칠 듯이 가려울 뿐 아니라 일주일이 지나도 가라앉을 줄을 모른다.

제주도 험담은 이쯤에서 끝내고, 그럼에도 제주도에 기

를 쓰고 가는 데는 분명 그럴 만한 이유가 있을 것이다. 모르
긴 해도 아마 달콤한 공기와 금방 쏟아질 듯 밤하늘을 뒤덮
는 별들이 한몫하지 않나 싶다. 제주도의 밤은 일찍 온다. 낮
에 부지런히 들락거리던 온갖 새들도 쥐 죽은 듯이 조용해진
다. 날씨 좋은 날은 새벽하늘까지도 파랗다. 태양이 구름 위
로 떠오르면 보라색 붉은색을 비롯해 갖가지 형태에 구름이
빠르게 움직인다. 바람 탓이겠지만 하늘은 쉴 새 없이 움직이
고 날씨 또한 수시로 변한다.

　제주도는 가을을 제일 좋은 계절로 꼽는다. 봄은 뼈 속
을 파고드는 바람 때문에 정이 안가고 여름은 태풍이 무섭다.
11월 들어서면 극성맞은 모기도 사라지고 바람도 잦아들고
날씨는 쾌청하다.

　남편은 집 지으면서 육지에서 공수한 돌로 '물확'을 제작
해 마당 한 귀퉁이에 들여놓았다. 세로 2미터, 가로 4미터나
되니 상당히 크다. 깊이도 1미터는 족히 된다. 첫해엔 수련 화
분을 서너 개 사다 넣고 물을 가득 채웠는데, 겨울에 잘 견디
더니 다음 해에 꽃을 피웠다. 마당을 찾아오는 온갖 새들도
잠시 그곳에 앉아 목을 축이고 간다.

　다음 해에 모슬포 오일장에서 금붕어 여러 마리를 사다

가 수련 사이에 풀어놓았다. 며칠 살랑살랑 꼬리를 흔들고 다니더니 슬그머니 사라져 버렸다. 밖으로 튀어 나갔나? 아니면 들 고양이에게 잡혀 먹혔나? 아쉬웠지만 미스터리로 남겨놓고 서울로 왔다.

올해가 2015년이니까 제주도 집에 들락거린 지도 어느새 9년을 바라본다. 올 가을도 안 가겠다고 버티다가 할 수 없이 따라 나선다. 남자 혼자 아무 때나 훌쩍 다녀오면 될 일을 왜 싫다는 사람 끌고 가냐고 하겠지만 거기엔 다 그럴 만한 이유가 있다.

우선 식사가 큰 문제다. 삼시 세끼 다 외식을 하는 것도 어렵지만, 식당엘 가자면 일일이 택시를 부르는 것이 쉽지가 않다. 보통 20킬로미터는 내달려야 한다. 폐차 위기에 놓인 사위의 애마 인피니티를 거금 들여 제주도에 가져다놓았지만, 낯선 거리를 달릴 배짱이 남편에게는 없다. 내비게이션을 부착했지만 안타깝게도 사용 능력 또한 없다. 그러니 나를 죽어라 끌고 내려오는 이유는 간단하다. 58년 경력의 주방장 자격과 34년 무사고 운전 경력의 소유자, 게다가 월급 안 줘도 돼. 계단 오르내릴 때 부축도 해줘. 이런 복덩어리를 어디서 구하겠는가?

우린 제주도 집에 도착하자마자 짐도 풀기 전에 마당으로 나왔다. 금붕어 도둑을 막으려고 물확에 철망을 씌워놓았었는데, 여름에 다녀가면서 깜박 잊고 철망을 거둬낸 채 상경해버린 것이다. 수련 뿌리 사이에 숨을 곳이 많으니 괜찮을 거라며 전전긍긍하는 남편을 보며, 나는 왠지 고소한 마음이 들었다.

생명이 존재하지 않는 것은 색色이 죽나 보다.

쑥을 갈아놓은 것처럼 걸쭉하고 푸르죽죽한 침전물 위로 악취가 진동을 한다. 누렇게 바랜 수련 잎 사이로 움직이는 것이라곤 아무것도 없다. 물이 썩어 산소부족으로 붕어가 죽었는지, 붕어가 새에게 잡혀 먹히고 난 뒤에 급격히 물이 썩었는지, 어느 것이 먼저인지 모르겠다.

다음 날, 모기에 물리지 않으려고 작업복을 잔뜩 껴입고 썩은 물을 퍼내면서, 인간이 자연을 이기겠다고 안간힘을 써봐야 부질없다는 생각을 했다. 풀은 뽑고 돌아서면 다시 돋아난다. 그렇게 갖가지 풀은 서로 군락을 이루며 '공생'을 한다. 쑥은 뿌리가 깊어 뽑기도 힘들지만, 작은 뿌리라도 남겨놓으면 틀림없이 다음 해에 쑥쑥 자란다. '내가 왜 풀이냐고', '쑥'이라고 항의해도 할 수 없다. 민들레꽃은 또 얼마나 예쁜가, 톱니 칼 같은 쐐기풀이나, 찍찍이처럼 붙어 안 떨어지는 도깨비풀을 동원해 위협한다 해도, 사생결단하고 몽땅 뽑아야 한다. 안 그러면 잔디가 살아남지 못한다.

물확에 잔뜩 낀 이끼를 솔로 박박 문질러 깨끗이 씻고 나니 속이 후련해졌다. 뭐가 못 마땅한지 남편은 조각조각 뜯긴 수련 뿌리 무더기를 뒤적이며 죽지 않았다고 우긴다. 모슬포 오일장에서 금붕어도 사고, 건강한 수련도 다시 사다 심자고 해도 심사가 틀어졌는지 구겨진 얼굴을 펴지 못한다. 이사하면서 늙은 남편 버리고 가는 아내도 있다던데, 그까짓 다 썩어 문드러진 수련 뿌리 버렸다고 화까지 낼게 뭐람? 물 푸던 대야에 호미, 곡괭이, 톱을 모두 쓸어 담아 일부러 덜그럭대며 집으로 들어온다.

시원하게 샤워하고 얼굴에 로션을 듬뿍 바르며 창밖을 보니, 그때까지도 남편은 물확을 벗어나지 못한 채 주위를 맴돌고 있다. 버리려고 했던 이끼 낀 화분 세 개가 안 보이는 것을 보니 틀림없이 다시 주워다 물확 속에 처넣은 게 분명해 보인다. 에잇! 오랜만에 얼큰한 라면이나 끓여볼까 하고 냄비에 물을 끓인다.

내년 봄에 오면 아마도 새싹을 밀어 올린 수련의 모습을 보게 될지도 모르겠다. 죽은 줄 알았던 수련이 살아나면 그

아니 좋은가? 아니면 이끼 뒤집어쓴 빈 물확 속을 들여다보
며 회심의 미소를 흘리고 있는 내가 보일지도….

묘법의 세상 ─────────────────────────────

주방 형광등 일부가 나갔다. 식탁 위로 우주선을 닮은 메인 조명이 있고, 주방 벽을 따라 긴 형광등이 자그마치 열 개나 사방을 두르고 있는데, 많다 보니 걸핏하면 등이 죽어나간다. 그렇다고 불편할 것은 없다. 단지 불완전한 불빛이 남편의 신경을 건드리고, 그 신경은 수시로 나에게 형광등 나간 것을 상기시킨다.

오전 중에 전기용품 도매상에서 형광등을 사왔다. 뒤늦게 일어나 식탁에서 혼자 느긋이 식사하는 남편 보란 듯이, 식탁위로 무례하게 올라서서 당당히 등을 갈아 끼웠다. 평생 남자 할 일, 여자 할 일 가리지 않고 덤벙대다 늙어 꼬부라진 내가 잘 살고 있는 것인지 의심이 든다.

91세 내 남편은 평생 술 퍼마시고 줄담배를 피워댄 요량하면 상당히 건강한 축에 든다. 호형호제하던 친구들은 이미 세상을 떠난 지 오래고, 남편도 두 번이나 죽을 고비를 넘겼다. 한 번은 정년퇴임 1년 남기고 1994년 겨울 심근경색으로 쓰러졌고, 2009년 가을에는 뇌졸중으로 한 번 더 죽다가 살아났다. 그 후유증으로 왼쪽 팔과 다리에 힘이 없을 뿐만 아니라 눈에 띄게 떨린다.

그는 자신의 몸뚱이가 뜻대로 움직이지 않는다는 사실을 때때로 까맣게 잊고 사는 것 같다. 아니면 인정을 하고 싶지 않은 것인가? 급한 성격에 몸보다 마음이 앞서 툭하면 넘어져 다친다. 차에 물건을 끌어 올리거나 내릴 때도 남편은 예전 같은 줄 알고 덥석 달려들기 때문에 내가 번번이 가로막고 나선다. 머쓱해 물러나는 남편을 보면 또 안쓰럽고 민망하다. 괜히 맘 상하게 하지 않고, 설사 그가 일을 망치더라도, 기다리는 미덕이 필요하다는 것쯤은 안다. 그런데 그게 말처럼 쉽지가 않다. 힘은 장사에다 성미는 불같은 아내로 변해가는 내가 한심해 보인다.

화가의 일은 처음부터 끝까지 노동이다. 평생 오른쪽 팔을 많이 쓴 관계로 지금 그의 어깨는 왼쪽으로 기우뚱하다.

손도 노동자처럼 두껍고 거칠다. 15년 전만해도 그는 캔버스 천에 밑 작업을 직접 했다. 100호 이상 대작도 남의 도움 없이 거뜬히 만들어 썼다. 남편은 무슨 일이든 완벽하게 해내야 직성이 풀린다.

요즘 남편은 고혈압, 당뇨에 부정맥까지 모셔 들인 몸을 이끌고 열 시간 넘게 비행기에 올라 세계 곳곳을 누빈다. 지팡이를 짚고 자식들 손에 이끌려, 젊어서 그렇게 동경해 마지 않던 세계적인 화랑에서 개인전을 줄달아 열고 있다. 파리의 '뻬로탱' 화랑이나 영국에서 가장 권위 있다는 '화이트큐브'에서 그의 작품을 주목하는 데는 그럴 만한 이유가 분명히 있을 것이다.

화가 하면 가난을 떠올리던 시절이 있었다. 그때 우리는 남편의 대학 강사 수입으로 아이 셋을 키우며 가난하게 살았다. 작업실도 변변치 못하고 캔버스나 물감 살 돈도 없는 열악한 환경에서 남편은 젊은 혈기 하나만 믿고 현대미술 운동을 주도했다. 국전을 중심으로 일본에서 미술을 전공한 원로 화가들이 한국 화단을 좌지우지하고 있던 시절이었다. 그들은 풍경이나 꽃, 아니면 인물화를 사실적으로 그렸다. 마치 그것만이 한국미술의 전통성을 계승하는 양 큰소리쳤다. 바로 그들이 국전 심사위원을 했고, 국전에서 상이라도 받으면 그림이 팔린다니까 국전 입성을 목표로 쉽게 안주해버리는 젊은이가 많았다.

그러나 한편에서는 국전을 거부하는 6.25 전후 세대들이 현대미술 기치를 내걸고 그들과 맞섰다. 그 선봉에는 언제나 남편이 있었다. 그로부터 50년이 지난 지금 갑자기 세계적인 화랑들이 한국의 '단색화'를 주목하기 시작했다. 단색화란 1970년 초부터 오늘에 이르기까지 한국 화단에서 자생한 화풍을 말한다. 그러나 안타깝게도 7, 80년대에는 '단색화'가 대중의 주목을 받지 못했다.

1950년 6.25전쟁 한가운데서 용케 살아남은 전후 젊은 세대들은 분노와 치욕을 캔버스 위에 쏟아냄으로써 아픈 상처를 봉합하려 했다. 이 시기에 참혹한 전쟁을 자양분으로 먹고 자란 '앵포르멜(제2차 세계대전 후 일어난 서정적 추상회화)'이 젊은 화가들을 통해 한국 화단을 휩쓴 건 너무나 당연한 일이었다. 70년대 들어 사회가 서서히 안정됨에 따라 미술계에도 변화가 찾아왔는데 강렬한 감정을 캔버스에 토해내기보다는 감싸 안고 삭이는 쪽으로 옮겨갔다. 흩뿌리고 쏟아붓고 하던 오일칼라는 귀한 재료로 자리매김하며 제자리로 돌아갔다.

그리고 자유분방한 '앵포르멜'도 무대 뒤로 사라짐과 동시에 서정적인 추상에서도 벗어난다. 이때를 기점으로, 색은 죽이고, 이미지는 지우며, 자연의 순응하는 자세로 세상에 나온 작품들을 후세 사람들이 '단색화'라 이름 지었다. 그런데 놀랍게도 그 '단색화'를 요즘 외국 화랑에서 눈에 불을 켜고 찾는다. 거의 50년 세월을 작업실 구석에서 먼지 뒤집어쓴 채 천덕꾸러기 신세를 면치 못하다가 갑자기 디지털 세상에 끌려나와 수줍게 공주대접을 받고 있는 것이다.

작년 봄, 베니스에서 '한국단색화전'이 열렸다. 같은 시기에 열린 베니스비엔날레를 찾은 많은 관객들이 어찌된 셈인지 한국의 단색화전에 몰려와 법석을 떨더니 그 여파가 서울 성산동 박서보 작업실 구석에서 잠자고 있던 연필묘법을 덮치는 사태가 벌어졌다. 스님이 수행도구로 목탁을 두드리듯 남편은 캔버스위에 연필을 이용해 수천 번 선을 그어 수행 흔적을 남겼는데 그것이 '묘법'이란 이름의 작품이다.

또 같은 얘길 반복할 수밖에 없는데 그림을 그리는 작업은 노동에 맞먹는다. 캔버스 크기가 점점 커져 벽에 기대놓기도 벅차지자 남편은 아예 바닥에 눕혀놓고 작업을 했다. 그

　　　　　　　　　　　　　부부의 세계

위에 합판으로 구름다리 모양의 작업대를 만들어 걸쳐놓고
그 위에 올라가 무릎 꿇고 엎드려 몇 시간씩 쉬지 않고 한다.
의도 한 것도 아닌데 완전 수행 자세다. 작업대가 길다보니 프
레임은 철근을 썼는데도 사람 무게에 못 이겨 출렁출렁 한다.
남편은 신들린 사람처럼 무릎 걸음으로 옮겨 다니면서 출렁
대는 리듬에 맞춰 캔버스 위에 수만 번 연필을 그어댔다.

　　서울에선 주로 소품을 했고, 대작은 확 트인 안성 작업실
에서 했다. 내가 따라 내려가지 않을 땐 혼자 밥해 먹는 것이
귀찮아 굶는 것이 문제가 되긴 했어도 젊음과 열정이 모든 것
을 해결해주었다. 연필을 이용한 묘법 시리즈는 80년대 후반
으로 넘어오면서 차츰 변화를 맞게 된다. 캔버스 위에는 한지
가 덧쓰이고 연필은 굵은 콩테로 대체되었다. 작품 변화는 대
충 15년 주기로 바뀌는데 그 사이 5년은 해오던 작업과 새로
운 작업을 병행하면서 본인 스스로 자연스레 적응할 시간을
두고 보는 것 같다. 바뀐다 해도 물감 종류나 색이나 아니면
연필을 붓으로 바꾸는 정도다. 처음부터 일관되게 추구한 것
은 그의 정신세계의 바탕이 되는 자연관이다.
　　하지만 세월이 약이라더니 절대 남한테 맡길 것 같지 않
던 작업의 일부를 다른 사람에게 넘겨주었다. 나이 들면서 젊

졸고 있는 남편, 종이에 연필, 2021

어서 그렇게 혹사했던 육체노동을 조수에게 맡긴 것이다. 자연히 수행의 흔적은 흐르는 시간을 따라 그와의 합일체를 이루어나갔다. 머리를 민다고 다 스님의 경지에 도달하는 것은 아니겠으나 요즘에 그에게서는 맑고 천진한 어린아이 같은 모습이 보인다.

남편의 칠순 땐가? 2000년 10월, 일본 동경화랑 개인전 때문에 동경에 갔을 때였다. 오픈 날 때 아닌 비가 주적주적 왔다. 핑계 김에 다음 날 우린 다바다(동경화랑 야마모토 사장의 둘째 아들)를 앞세워 후쿠시마현의 반다이산 정상에 올라 반다이산 계곡을 내려다보았다. 사람은 살면서 이런 장관을 몇 번이나 볼 수 있을까? 안개 낀 호수를 끼고 천천히 순환로를 따라 내려오는 단풍 길은 온통 불타는 듯했다. 남편은 붉은 색에 완전히 압도당한 듯했는데 아니나 다를까 서울에 오더니 작품에 색을 쓰기 시작했다. 경기도미술관 개인전 타이틀의 '색을 쓰다'는 이렇게 해서 태어났다. 그 작품이 보는 이로 하여금 힐링이 된다고 하는데 아마도 작가의 눈을 통해 자연의 색이 주는 감동이 전해지기 때문이 아닌가 생각한다.

우리 부부는 석 달에 한 번 일산 백병원에서 진료받고 약을 받아온다. 남편이 심근경색으로 쓰러졌을 때 수술을 담당했던 의사가 언제나 당부하는 말은 술 마시지 말고 대신 운동을 하라고 권한다. 그러나 아무리 잔소리해도 절대 하지 않는 것이 바로 운동이다. 시간이 없다는 게 그의 변명이다. 운동을 시간 낭비라고 생각하는 모양이다. 한때 직장 동료들이 골프를 권한 적이 있었다. 한 달쯤 동네 골프장 가서 연습하더니 슬그머니 그만뒀다. 이유인즉 골프가 너무 재미있어서 그림 안 그리고 골프에 미칠까 봐 그만둬야겠다고 했다. 대학 졸업하고 친구 권유로 사교춤 교습소에 따라갔다가 같은 이유로 발길을 끊은 적도 있다고 했다. 그 흔한 당구도 못 치고, 하다못해 자전거도 못 타고, 뭐 운동이 될 만한 것은 도대체 할 줄 아는 게 없다.

성공하려면 한 우물만 파라고들 한다. 화가는 평생 그림만 그리면 성공한다는 얘기로 들릴지 모르지만 남편을 보건데 한 우물이란 무릇 화가의 길이 아니라 그의 정신세계를 말함이렷다. 한곳만 들입다 파다 보니 물은 만났지만 우물 밖 세상 물정은 어두울 수밖에, 그러니 조명등 못 갈아 끼운다고 불평하거나 미역국에 고추장 푼다고 외계인 보듯 하면 되겠는가? 다만 맛있게 잡숫고 건강하소서.

부부의 세계

'엄마야, 강변 살자'

1958년에 결혼한 우리 부부는 61년째 함께 살고 있다. 그 긴 세월 동안 둘이 떨어져 지낸 것은 고작 2년이 채 안 된다. 결혼 초, 남편이 파리에 갔다가 귀국이 늦어져 혼자 어린 아들을 데리고 11개월을 버틴 것, 노년에 내가 집을 박차고 나가 6개월을 따로 산 것 외에는 줄곧 붙어 살고 있다.

작년까지만 해도 허둥지둥 사느라 별 생각이 없었지만, 올 들어 아직도 우리 둘이 같이 살고 있다는 게 문득 신기하게 여겨진다. 주위를 둘러보면 남편 먼저 보내고 혼자된 친구도 많고, 병들어 아내 구실 못하는 또래도 수두룩하다. 그러니 남편을 위해 하루에 두 끼 차려야 하는 수고를 투정하다가는 뭇매를 맞을지도 모른다. 팔십이 넘도록 여일하게 먹고자고 일하는 나는 복받은 인생이 분명하다.

내가 결혼한 남자는 목소리 크고 키 작은 술고래였다. 나이는 나보다 여덟 살이 많지만, 철이 덜 들었다고나 할까. 남자라고는 남동생과 아버지뿐인 친정에서 큰소리 한번 들어본적 없던 나는, 결혼 후 술 취한 남편이 꽥꽥 내지르는 소리에 그만 질겁했다. '내가 무엇에 홀렸던가? 아니면 결혼이란 원래 이런 건가?' 누구에게 묻고 싶어도 주위에는 의논할 상대가 없었다. 부모님은 노심초사하실 게 분명했고, 언니는 오금이나 박을 테고, 친구에겐 차마 창피해서 말도 꺼낼 수 없었다.

유일하게 나의 오른팔이 되어주신 분은 결혼 초 새 며느리를 보려고 시골에서 올라오신 시어머니였다.

"쟤가 원래 심성은 착한데 성질이 '지랄' 같으니, 네가 잘 참고 살아줘야겠다."

나는 그 말을 평생 마음에 깊이 새기고 어려울 때마다 길잡이로 삼았다. 어차피 물릴 수도 없는 상황, 피할 수도 없으니 받아들여야지 어쩌겠나.

제일 먼저 한 일은 다정다감한 내 아버지와 남편을 비교하는 비생산적인 일을 그만둔 것이다. 웬만한 일은 트집 잡지 말고 그냥 지켜보기로 마음먹었는데, 이렇게 말하면 내가 온갖 어려움을 꿋꿋이 이겨내고 지혜롭게 산 줄 알겠지만, 천만에, 나라고 부처님 가운데 토막이겠나? 사실 회한이 더 많다.

결혼 5년 만에 산 신촌 기찻길 옆 무허가 집은 당연히 주소도 없고 등기부에도 오르지 못한 집이었다. 방 둘에 부엌이 있고, 손바닥만 한 마당에는 뒷간과 수도가 있었다. 언제 헐릴지 모르는 이 주소 없는 집을 사게 된 데는 나름 절박한 사연이 있었다.

연탄 때는 집이 거의 없는 지금, 그 이름만은 기억하는 사람이 있으려나? 신촌 로터리에서 지금의 서강로 왼편으로 가다 보면 기찻길 옆에 저 유명한 '삼표' 연탄 공장이 시커먼 몰골로 서 있었다. 하루에 두 번 화물차가 연탄가루를 가득 싣고 와서 공장에 쏟아놓으면 그 일대는 앞이 안 보일 정도로 새카매졌다. 그 공장 담벼락에 바짝 붙어 양옥집이 두 채 있었는데, 그 한 채가 바로 우리가 전세를 든 집이었다. 내가 좀 더 똑똑했다면 집을 계약할 때 턱없이 싼 전세금을 의심해봤을 것이다. 비쩍 마른 주인 남자의 창백한 얼굴도 그냥 넘길 일은 아니었다. 하지만 제대로 된 현관과 화장실, 거기에 방도 둘이나 있고, 반듯한 마당에 수도랑 빨랫줄까지 있으니, 그간의 허접한 곁방살이로 잔뜩 위축된 내 눈에는 그 뻔한 사실이 들어오지 않았다. 결국 그곳에서 산 지 6개월 만에 우리 집 두 남자는 결핵에 걸렸다. 이것이 허둥지둥 전셋돈을 빼 조금 떨어진 곳에 '무허가' 집을 사게 된 연유다.

나에게는 친정아버지로부터 물려받은 손재주가 있다. 페인트칠은 말할 것도 없고, 연탄아궁이나 부뚜막 수리, 도배와 장판 일까지 기술자 못지않게 잘 해낸다. 이사하자마자 물새는 낡은 기와를 새 기와로 바꾸면서 안방을 확장했고, 내친김에 방을 하나 더 늘렸다. 원래 헌 집에 손을 대면 공사가 커지기 마련인데, 어지간히 구색을 갖추었으니 이제 내가 잘하는 도배장판만 남았다.

그래서 하루 날 잡아 아들을 친정에 맡기고 남편에게 도움을 청했다. 그런데 바쁜 일이 있다고 횡하니 나가버리는 것이 아닌가. 내로라하는 도배 장인도 천장을 바를 때 맞잡아주는 사람이 없으면 풀 바른 벽지를 뒤집어쓰기 마련이다. 할수 없이 아침 일찍 혼자 도배를 시작했는데 한나절이 다 가도록 끝이 보이지 않았다. 간신이 벽지를 바르고 녹초가 된 나는 천장을 남겨두고 이제나 저제나 남편 오기만을 눈 빠지게 기다렸다.

그런데 자정이 넘어, 고주망태가 된 남편이 친구 한 명을 옆에 끼고 호기롭게 "마누라!"를 외치며 들어왔다. 두 사람은 신발을 벗어 던지고 새로 만든 방으로 들어가더니 안주를 가져오라고 소리쳤다. '여기가 술집인 줄 아느냐?' 대들고 싶었지만 친구 앞에서 남편의 알량한 체면을 세워주기 위해 개다리소반에 주섬주섬 반찬 나부랭이를 올려 내갔다.

술꾼들을 유심히 보면 각자 나름의 스타일이 있다.

평소 얌전했던 사람일수록 술 마시면 개차반이 되기 십
상이다. 말끝마다 공연히 옆에 앉은 사람 뒤통수를 손바닥으
로 치는 사람도 있고, 이마로 식탁을 찍으며 징징 울거나, 아
무데나 벌렁 누워 코를 고는 이도 있다. 누군가는 우리 집 술
판을 끝내고 귀가하던 중 밤새도록 기찻길 철로를 베고 자는
바람에 술꾼들 사이에 전설로 남기도 했다. 내 남편은 어느 편
인가 하면, 자타가 공인하는 '투사형'이다. 목소리 큰 장점을
최대한 살려서 좌중을 압도해버리고 술도 고래처럼 마신다.

그날 밤 남편과 친구는 안주인이 뭘 하는지는 안중에도
없이, 죽었다 살아 돌아온 친구라도 만난 양 서로 얼싸안고
얼굴을 비벼대며 좋아 죽겠다고 난리를 쳤다. 짜증이 난 나
는 천장 도배는 포기하고 대신 장판을 바르기로 했다. "엄마
야! 물 좀 줘" "엄마야! 이불 가져와!" 한참을 그렇게 아우성
치더니 새벽녘이 돼서야 조용해졌다. 그 와중에 나는 장판을
다 발랐다. 연신 구시렁거리며, 그 후에 천장 도배를 했는지
안 했는지는 기억에 없다.

그날로부터 61년이 흐른 지금까지도 남편은 나를 '엄마 야!' 라고 부른다. 젊어서는 아이들의 엄마라는 명분이 있었지만, 둘만 달랑 남은 지금, 나는 글자 그대로 그에게 엄마 노릇을 하고 있다. 사사건건 엄마를 외쳐대며 묻고 또 묻는 늙은 아이를 보며 이 또한 복받은 인생이라 믿고자 한다.

부부의 세계

사랑 ────────────────────────

나에게는 오랜 친구가 한 명 있다. 미군부대에 군속으로 있던 남편과 늦게 얻은 외동딸을 데리고 미국으로 떠난 지 35년이나 된 그 친구가 오늘 카톡으로 동영상 하나를 찍어 보냈다. 문자메시지 치는 것도 어렵다고 엄살을 부리던 애가 느닷없이 웬일일까?

병원 복도에서 찍었는지, 긴 터널 같은 곳에서 머리는 쑥부쟁이처럼 더부룩한 몰골로 비척비척 앞으로 걸어온다. 1년 전, 마지막 고국 방문이라며 서울에 왔을 때, 겉보기엔 멀쩡한 모습이기에 '너 아주 건강하구나' 했더니 펄쩍 뛰며 하는 얘기가, 새벽에 잠이 깨어 어두운 정원으로 나갔다가 굴러떨어져 갈비뼈가 여러 대 부러졌었단다. 겉만 멀쩡하지 속은 골병이 들었다고 했다. 그러면서도 서울에서의 바쁜 일정을 거뜬히 마치고 미국으로 돌아갔다. 그런데 간 지 얼마 안 돼 이번엔 또 식당에 갔다가 하필 바닥에 떨어진 양배추 잎을 밟고 엎어져 무릎이 깨어지는 사고를 당했다고 했다. 전화로 기브스 때문에 샤워를 못 한다고 투덜대기에 '샤워 못 한다고 죽기야 하겠냐? 더운 물수건으로 닦아' 했더니 친구가 깔깔 웃었다. 그랬는데 어느새 두 달이지나 기브스를 떼어냈다고 자랑스럽게 동영상을 찍어 보낸 것이다.

이 친구하고는 어려서 만나 형제처럼 지내는 사이다. 6.25전쟁 중에 서울에서 청주로 피난 간 형편도 비슷하고, 나긋나긋한 서울 말씨도 한결같고, 담백한 입맛도 신기하게 같아서 고등학교 같은 반 뒷자리에 앉자마자 금방 친해졌다.

은근히 심한 텃세에 서울에서 피난 온 소수의 학생들은 자연히 끈끈한 연대감을 갖게 됐다. 그러나 기껏 나까지 해서 세 명뿐이었다. 그중에 한 명은 중학교 3학년 졸업을 한 달 앞두고 서울로 전학을 갔고, 유일하게 남은 이 친구와 60년 넘게 함께 늙어가는 중이다.

내가 일찌감치 결혼한 것에 비해 친구는 늦게까지 직장생활을 하느라고 노처녀 소리까지 들었다. 그러다 하필 영어학원 강사와 사랑에 빠져 결혼을 했다. 두 사람은 서둘러 서

부부의 세계

바가지, 캔버스 위에 유화 물감, 1978

울로 올라와 신접살림을 차렸다. 경황이 없었는지, 친구는 한동안 소식이 없었다.

그러던 어느 날, 느닷없이 임신을 했다며 나를 찾았다. 부랴부랴 찾아간 그 친구의 집은 그야말로 부엌도 화장실도 없는, 달랑 방 한 칸이었다. 한번 유산 경험이 있는 친구는 방에서 거의 누워 지내는 중이었는데, 방 턱이 높아 들고날 때 무척 위태로워 보였다. 아니나 다를까 다녀온 지 얼마 안 돼 친구가 또 전화를 했다. 충정로에 있는 산부인과에 있으니 빨리 오란다. 허둥지둥 달려가보니 상황이 안 좋았다. 아기는 겨우 7개월을 버티고 엄마 뱃속을 떠나려고 하는 중이었고 친구는 통증을 참아내느라고 안간힘을 쓰며 산후조리 하는 방에 혼자 엎드려 있었다. 신랑은 어찌된 셈인지 보이지 않았다. 절체절명의 순간에 의학 상식도 없는 내가 결정을 해야 했다.

의사를 부르러 일어나는 나를 붙잡아 앉히며 친구가 말했다. '참을 수 있어, 의사 부르지 마.'

이미 유산으로 아이를 잃은 경험이 있는 친구는 어떻게든지 태아를 뱃속에 붙잡아두려고 했다. 고통 따위는 상관없다는 투에 오히려 더럭 겁이 났다. 나는 친구의 손을 뿌리치고 의사를 부르며 뛰어나갔다. 그때 내가 잔뜩 겁을 먹고 의사를 부르지 않았다면 아마 친구도 아기도 다신 볼 수 없었을 것이다. 의사는 산모를 보자마자 분만실로 떠메고 갔고 오 분도 안되 딸이 태어났으니 말이다. 후에 들은 얘기로는 조금만 시간이 지체되었어도 산모가 위험했을 거라고 했다. 자연유산을 막기 위해 임시로 봉합한 자궁 문이 찢어지기 일보직전이었다고 했다. 그런데 문제는 이 병원이 워낙 규모가 작아서 미숙아를 위한 인큐베이터가 없었다. 나는 앞뒤 잴 것 없이 아기를 품에 앉고 성모병원으로 달려갔다. 파랗게 질린 아기가 내 품 안에서 꼼지락거리며 입으로 거품을 밀어냈다. 아기도 살려고 최선을 다한다는 생각이 들었다. 병원에 도착해 간호사 품에 아기를 넘겨주고는 얼마나 얼이 빠졌는지, 아기 엄마 이름을 물어보는 접수 직원에게 떡하니 내 이름을 대주었다. 아무리 머리를 쥐어짜도 친구 이름이 생각나지 않았다. 아기 발목에는 한동안 내 이름이 적힌 꼬리표가 달려 있었다.

바로 그 꼬마 아기가 건강하게 커서 지금은 뉴욕에서 의사가 되어 있다. 백신을 연구하는 중요한 인물이기도 하다. 친구는 파란 눈의 사위를 보았고 아직 손주는 못 봤다.

친구 얘기는 시시콜콜 하면서 친구가 평생 그렇게 끔찍이 사랑했던 그 복 많은 남자 얘기를 안 할 수는 없다. 내 친구가 조산으로 죽음의 문턱에 있을 때 그 남편은 직장에서 평소처럼 근무하고 있었다. 친구 생각엔 공연히 수선을 떨어 남편을 불편하게 하고 싶지 않았던 것인지 모르겠지만, 아무튼 그 남편은 아내의 배려로 그 야단이 난 것도 모른 채 속 편히 딸을 얻었다.

친구가 목숨 걸고 좋아한 남자는 전쟁 후 어려운 시절을 감안하더라도 결혼 조건이 형편없었다. 홀시어머니와 시동생 둘에 시누이가 딸린 집 맏이에다가 수입원은 영어학원 강사의 쥐꼬리만 한 강사료뿐이니 최악의 시나리오였다. 내가 속물이긴 해도 가난을 흠으로 치부하는 사람은 아니다. 그래도 이런 경우는 피하는 게 상책이다. 잘살던 사람이 하루아침에 망하면 가난보다 더 무서운 가족 간의 불화가 생기는데 이 집도 예외는 아니었다. 가장이 별안간 세상을 뜨고 집안이 풍비박산이 나자 남자는 졸지에 대학을 중퇴하고 가장 노릇을 하러 청주에 내려와야 했다. 집도 팔아 올리고 남은 돈마저 다 떨어지자 온가족이 뿔뿔이 흩어져 제 몸 하나 건사하기도 어려운 지경이었다. 바로 그 시기에 내 친구가 그 사람을 만나 사랑에 빠졌다고 했다.

두 사람의 결혼생활 내내 나는 친구 남편을 몰래 미워했다. 드러내놓고 미워하지 못한 것은 워낙 친구가 제 신랑이라면 그림자도 밟지 않았기 때문이다. 그런 친구를 곁에서 지켜 보며 난 모든 고생을 그의 남편 탓으로 돌렸다. 그렇게라도 해 야 직성이 풀렸다. 그러나 그 시절, 내가 미처 몰랐던 것이 있 다. 세상 물정 모르는 친구가 외모 훤하고 영어 잘하는 그 모 습에 혹해 어리석은 선택을 했을까? 과연 그것만으로 평생을 한결같이 사랑할 수 있을까? 친구의 품성이 올곧기도 하고 그 남편 또한 숨은 매력이 있었을 것이다.

젊어서부터 지병이 있었던 친구 남편은 아내의 극진한 간 호를 받으며 먼저 저세상으로 떠났다. 뉴욕 근교 한 시간 거 리 묘지에 그의 자리가 있다. 친구는 매일 꽃 한 송이 들고 출 퇴근한다고 들었다. 그러나 그것도, 운전대를 놓고부터는 자 주 갈 수 없다고 안타까워했다. "얘! 네 몸 먼저 챙겨! 병원 출 입 그만하고." 핀잔을 주고 나니 슬그머니 화가 난다. 아니 그 양반은 언제까지 내 친구를 불러댈 거람? 알기나 하려나? 호 된 시집살이까지 한 것을!

아직도 사랑이 넘치는 친구에게 일편단심 친구가 투정을 보낸다.

남편에게는 한때 동갑내기인 여자 친구가 있었다. 모 화랑 사장인 J였다. 화가와 화랑은 공생 관계인데다 그녀와는 31년생이라는 공감대까지 끈끈하게 깔려 있어 꽤 돈독한 사이였다. J는 사교성이 남달라서 언제나 주위에는 사람들이 모여 시끌벅적했고, 처음 보는 사람도 친구처럼 스스럼없이 대했다.

　당시 우리는 줄곧 단독주택에서만 살다가 아이들이 분가한 뒤 처음으로 아파트로 이사한 터였다. 한강 변에 위치해 베란다 창문을 열면 눈앞에 강이 펼쳐지고 강물 위에 둥실 떠 있는 밤섬 너머로 시시각각 색이 변하는 여의도가 보였다. 비가 오거나 눈이 오면 또 다른 풍경이 펼쳐졌고, 안개 낀 날은 한 폭의 동양화를 보는 듯했다.

　그러나 남편은 그 고즈넉한 풍경 앞에 도무지 가만히 앉아 있지를 못했다. 팔십이 코앞이건만 여전히 오전 11시에 차를 몰고 작업실로 나갔다가 오후 7시 전후해서 돌아왔다. 덕분에 나는 여유 작작 남아도는 시간을 이런 저런 모임에 쫓아다니는 데 쓰고, 저녁이면 동네 마트에서 저녁 찬거리를 사서 귀가했다. 그 아파트에서 우리 둘은 그럭저럭 순조롭고 만족스러운 노년을 맞고 있었다. 둘 다 건강한 편으로, 나는 부정맥, 남편은 고혈압과 당뇨만 잘 관리하면 되는 상황이었다.

　문제는 갑작스러운 남편의 식성 변화였다. 전에 없이 단것과 기름진 것을 가리지 않고 먹더니 체중이 그만 87킬로그램을 넘보게 되었다. 주치의한테 한소리 듣게 생겨 걱정인 판에, 하루는 남편이 묵직한 박스를 여러 개 들고 현관문을 기세 좋게 들어서더니 약장수처럼 장황하게 설명을 늘어놓기 시작했다. 들어본즉 박스에 든 것이 하루에 필요한 칼로리가 다 들어 있는 마법의 효소라는 것이다. J가 그걸 마시며 단식을 해서 체중도 줄고 고혈압과 당뇨도 정상으로 돌아왔단다. 그리고 자기도 단식을 할 것이며 저녁에는 마포대교를 건너 여의도 강변도로를 따라 서강대교로 돌아오는, 한 시간 남짓한 걷기 운동을 하겠다고 선언했다.
　J는 인형처럼 예쁜 얼굴에 화통한 성격이 매력적이었지

만, 몸무게가 상당히 나갔다. 그랬던 그녀가 살이 빠지니 남편은 그녀의 말을 100퍼센트 믿는 눈치였다. 어쩐지 예감이 좋지 않았지만, 남편은 내 걱정과 잔소리를 그녀에 대한 질투로 오해하고 결국 자기 고집대로 단식을 시작했다.

그러고는 계획 기간 15일 동안 매일 눈에 띄게 달라지더니 9일 만에 10킬로그램이나 빠졌다. 내심 신기해서 좀 더 지켜보기로 했는데 왠지 남편은 슬그머니 단식을 중단했다. 이런저런 행사에 참석해야 하는 등 핑곗거리를 앞세우며 일찍 하차해버린 것이다. 그 당시엔 남편의 결심이 해이해진 줄만 알았다. 그러나 이제 와 돌이켜보면, 그 이상의 어떤 이유가 있었던 것 같다. 내가 처음에 느꼈던 불길한 예감을 남편도 느꼈을 수 있고, 어쩌면 몸이 보내는 미묘한 이상 징후를 본능적으로 감지했을지도 모른다.

단식을 중단하고 한 달이 조금 지난 어느 날, 우린 이른 저녁을 먹고 한가하게 거실 바닥에 나란히 앉아 텔레비전을 보고 있었다. 옆에 앉아 있던 남편이 평소와 달리 유별나게 기침을 해서 핀잔을 주려고 고개를 돌리니 소파를 등진 채 구겨진 인형처럼 모로 쓰러지고 있었다. 의식이 없었다. 119를 불렀다.

부부의 세계

소쿠리, 캔버스 위에 유화 물감, 1978

병원 검사 결과 뇌경색으로 판명이 났고, 치료 중 사망할 수도 있다는 동의서에 내가 서명을 하고서야 혈전을 녹인다는 약이 투여됐다. 발 빠르게 움직였어도 쓰러진지 두 시간이 지나 치료가 시작된 셈이다. 만약 내가 평소처럼 주방에서 꿈지럭거리고 있었거나, 혼자 놔두고 외출이라도 했더라면, 결과는 완전히 달라졌을 것이다. 그때 처음 사람의 목숨이 한순간 우연에 달려 있음을 깨달았다.

지금 생각해보면, 그 결정적 몇 시간은 뒤죽박죽 정신없는 시간들이었다. 119를 부르고, 1층에 살던 작은아들이 뛰어오고, 들것에 실려 간신히 승강기로 이동하고, 허겁지겁 환자를 따라 차에 기어오르고⋯ 그 경황없는 중에도 아들이 아버지가 맨발임을 보고 다시 뛰어 들어가 제 양말을 들고 나와 신겨주던 장면이 선명하게 떠오른다. 만일 남편이 그 길로 돌아오지 못했더라면 그 장면은 평생 지울 수 없는 빛깔로 남아 있을 것이다.

모골이 송연해지는 일은 또 있었다. 동갑내기 J가 다이어트 시작한 지 몇 달 후에 외국으로 출국하던 공항에서 심장마비로 사망했다. 그녀의 사망 소식은 하필 우리 부부가 제주도 집에 내려가 쉬고 있을 때 전화로 전해 들었다. 순간 등골이 얼어붙는 듯 했다. 저승 문턱까지 갔다 온 남편의 충격은 더 했을 것이다. 우리는 그녀의 장례식에 참석하지 못했다. 비행기 편이 없기도 했지만, 서둘러 허둥지둥 올라가기가 내키지 않았다. 죽음이 피부로 느껴져 무서웠던 것도 사실이다.

그 일이 있고 나서 우리 부부는 정붙이고 살던 그 아파트를 떠났다. 아름다운 창밖 풍경이 예전과 달리 서글프고 쓸쓸하게 보여서 마음이 편치 않았기 때문이다.

쓰러졌다 일어난 뒤로 남편의 빈약한 유머 시리즈에는 '인명은 재처'라는 새로운 농담이 등록되었다. 마누라 말 안듣고 친구 따라 강남 가다가 저승까지 따라갈 뻔했다며 쓸쓰레 웃음을 흘리며 하는 말이다. 남편의 농담을 들으며, 나는 가끔 기분이 묘해진다. 그를 살린 게 나라고 우쭐대지만 과연 그럴까 싶다. 나를 엄습했던 기묘한 예감과 우연이라고밖에 말할 수 없는 숨 가쁜 순간들은 평생 함께한 아내라 느끼는 초자연적인 것들일까? 그렇다면야 역시 인명人命은 재처在妻일 수밖에….

4

·

윤명숙과 집

구해줘! 홈즈

나는 '공인중개사무소'보다 '복덕방'이라고 써진 간판에 더 익숙한 사람이다. 컴퓨터를 두드리는 사장님보다 고객을 끌고 이집 저집 발품 파는 사장님을 더 신뢰하는 편이다. 인터넷으로 쉽게 매물을 찾고 핸드폰의 맵을 통해 방위를 가늠하기보다 사무실 벽에 붙여놓은 큼지막한 지도를 작대기로 찍어가며 풍수지리를 읊어대는 복덕방 사장님을 좋아한다. 그러나 그런 복덕방은 어느 틈엔가 시나브로 사라져버려 좀처럼 찾아보기 힘들다. 몇 년 사이에 세상이 많이 바뀌었다.

내 남은 여생에 더 이상은 복덕방 찾을 일이 없을 줄 알았다. 2년에 걸쳐 지은 연희동 집으로 이사하면서 나의 '집 찾아 삼만 리' 여정은 끝이 나고 덩달아 자식들도 한동안은 움직일 기색이 없는 듯했으니 말이다. 그런데 안산에 있는 학교 근처에서 자취를 하던 외손녀가, 다니던 대학을 휴학하고 서울로, 그것도 종로 한복판에 들어와 다른 대학 입시 준비를 하겠다고 하니 얘기가 달라졌다. 세상 물정 모르는 손녀와 갱년기에 들어선 딸이, 느긋이 노년을 즐기는 나에게 '구해 줘! 홈즈'를 외친 것이다. 대학로를 중심으로 그 근방 일대에, 고양이와 여학생이 함께 살기에 안전하고, 교통 편리한 괜찮은 집을 찾아내는 중차대한 임무였다. 바로 내가 제일 잘하는 '숨어 있는 내 집 찾기!'

결혼 이후 전전한 셋방살이는 자그마치 열두 번이다. 집을 사고판 경력만 해도 열두 손가락이 모자란다. 그럼에도 복부인 계열에 못 낀 것은 나의 활동무대가 남편의 직장인 홍익대학을 중심으로 평생 마포를 벗어나본 적이 없기 때문이다. 말하자면 우물 안 개구리를 자처한 셈. 그런데 이번에 외손녀 덕분에 남의 동네 '종로'를 기웃거릴 기회가 왔다.

예전 같으면 무작정 발품 팔며 돌아다녔을 텐데, 이젠 나이도 있고 기력도 없어 처음부터 낯익은 부동산 사장을 대동하고 나섰다. 우리는 손녀가 지목한 혜화동에 다닥다닥 붙어 있는 다세대 주택을 훑어보고, 내친김에 보문동, 정릉을 거쳐 가파른 낙산의 좁은 언덕길까지 구석구석 누비고 다녔지만,

윤명숙과 집

발품 판 것에 비하면 마땅한 집이 없었다. 더구나 오피스텔이나 다가구주택 중에 고양이랑 함께 살 수 있는 집을 얻기란, 외손녀를 고양이와 떼어놓는 것만큼 불가능해 보였다.

오랜만에 떠안은 임무가 힘에 부쳐 의기소침해 있는데, 갑자기 뇌세포에 불이 반짝 켜졌다. 첫날 사직공원 근처에서 본 코딱지만 한 집이 생각났다. 전세 얻을 돈으로 매매 가능한 집이 필운동에 나왔으니 가는 길에 한번 보자고 해서 별 기대 없이 둘러본 집이었다. 차라리 이참에 손녀가 집을 사는 방법은 없을까? 위험 부담은 있지만 아주 터무니없는 구상은 아니었다. 필운동은 서울도심에 3차선 도로를 지척에 둔 예스럽고 한적한 동네다. 게다가 바로 옆에 사직공원이 내 집 정원 같고, 뒤로는 인왕산이 버티고 있다. 경복궁을 향해 조금 내려오면 재래시장도 있다.

매물로 내놓은 집은 대지가 겨우 23평의 낡은 집이다. 반지하가 있는 2층 건물에 옥탑방도 있다. 지은 지 25년이나 됐단다. 부동산에 내놓은 지는 한참 된 모양인데, 이사를 급히 가야할 처지의 집주인이 매매가의 70퍼센트를 이미 전세로 챙긴 상태였다. 게다가 은행 대출까지 있어 그마저 인수하면 손녀가 현재 갖고 있는 전세 얻을 돈으로 매입이 가능할 것 같았다.

물론 집 자체는 볼 게 없었다. 충계는 가파르고 방들은 좁아터졌다. 다행히 주위에 높은 집들이 없어 창밖이 훤했다. 밖을 내다보니 한옥 한 채가 주변 건물들 사이에 우물처럼 들어앉아 있다. 이 동네는 청와대 덕분에 높은 건물이 들어설 수 없는 데다 한옥도 함부로 헐지 못한다고 한다. 그러니 갑자기 빌딩이 우뚝 솟아날 리 만무하다.

흠을 잡자면 영업 중인 손바닥만 한 카페가 이 건물의 출입구만 남겨놓고 전면을 가리고 있다는 것인데, 나는 그 점이 훗날 장점이 될 수도 있다고 보았다. 살면서 진득하게 기다리면 앞을 가로막고 있는 13평대 카페도 언젠가 매물로 나올 것이 아닌가. 이 집은 진입로에 차 한 대 주차할 수 있는 나라 땅을 무상으로 사용하고 있으니 구청에 불하를 신청할 기회도 있다.

일단 마음을 정했으니 발 빠르게 움직여야 할 때. 상대방은 전셋돈을 빼 급한 불을 껐으니 집을 팔 마음이 없어질 수도 있다. 아니나 다를까, 부동산 사장한테서 전화가 왔다. 집주인이 집값을 올려야겠다고 했단다. 그러면 그렇지, 내 예상대로다. 여기서 밀리면 계속 집값이 뛸 수 있으므로 우선 만나자고 연락을 넣었다. 그쪽 동태부터 살피고 작전을 세워야

윤명숙과 집

하니까.

필운동에 있는 부동산 사무실은 건물 지하였다. 천장이 낮아 엉거주춤 들어갔는데 내 또래의 노인이 40대 후반의 여자와 앉아 있었다. 노인을 아빠라고 호칭하는 여자의 사근사근한 말씨를 듣는 순간 난 대번에 알아차렸다. '서울 토박이네!'

그렇다면 한번 해볼 만하다. 서울 사람들은 체면을 중요하게 여겨서 위신만 세워주면 굳이 자기체면 깎일 일은 하지 않는다. 나는 첫마디를 잘 골라 날렸다. "곱게 나이 드셨네요." 노인이 빙긋 웃었다. "따님도 아버지를 닮아 참 고우셔요." 나는 집에 대해서는 일언반구 없이 요즘 세태를 들먹이며 친근한 어조로 대화를 풀어나갔다.

그 딸은 친정부모를 모시고 사는 착한 딸이었다. 부모님이 직접 지은 집이라 팔기 싫었지만, 두 분이 계단 오르내리기가 어려워 서울을 벗어난 변두리에 승강기 있는 아파트를 전세로 얻어 이사를 했단다. 노인의 건강은 썩 안 좋아 보였다. 그런데도 마누라 무릎이 망가져 큰일이라며 도리어 안사람을 챙기는 모습을 보였다. 게다가 주인이 바뀌어 세입자들이 불안해하면 어떻게 하냐고 쓸데없는 걱정까지 한다.

집값을 깎으려면 이쯤에서 무표정한 얼굴로 감정을 드러

내지 말아야 한다. 그러나 이 무슨 비극이란 말인가, 때로는 그런 거래의 공식이 이번 경우처럼 무용지물이 될 때도 있다. 나는 어느 새 그 가족에게 감정이입이 되어, 집값을 깎으려던 의욕이 사라진 상태였다. 상대편도 마찬가지였나 보다. 흥정 한번 없이 처음에 제시되었던 가격으로 계약서가 작성되었다. 모처럼 벼르고 덤볐으나 눈부신 실력은 뽐내보지도 못하고 흐지부지 끝나버렸다.

사실 생각해보니, 내가 그동안 집값을 깎아본 적이 있었던가, 의문이 든다. 깎기는커녕 사람의 마음을 움직였다고 착각하는 게 내가 성공적으로 집을 구해온 노하우였던 것 같다. 그나저나 손녀는 빚더미에 앉았지만, 제 마음대로 고양이를 키울 수 있는 집을 구해준 셈이니 '숨어 있는 내 집 찾기'는 성공한 것 아닌가? 아직은 내 '촉'이 살아있는 게 분명하다.

남자들은 술자리에 앉으면 곧잘 군대 갔다 온 이야기를 늘어놓는데 나도 별반 다르지 않다. 겨우 복덕방 들락거리며 겪은 일들을 제 흥에 겨워 무용담으로 떠든다. 부동산의 귀재라고 혼자 으쓱대지만 사실 진짜 꾼들에 비하면 새 발의 피다. 언감생심 강남땅은 기웃거려보지도 못했고 복부인은커녕 그 근처에도 못 갔으니 말이다. 그래도 내 이력이 대견해서 상

대가 듣거나 말거나 주책없이 떠들며 한가한 노년을 보내고
있다. 왕년에 나도 한 가닥 했노라고. 세상없는 집주인도 내게
걸려들면 꼼짝없이 당했다고….

주소 없는 집 ──────────────

우린 결혼하고 4년 동안 6개월에 한 번씩 여덟 번 집을 옮겨 다녔다. 그중에서 두 번은 친정집으로 밀고 들어가 방 한 칸을 공짜로 빌려 살았고, 보증금 얼마를 주고 월세로 산 집도 두 군데나 된다.

처음 내 집이라고 장만한, 그러니까 방 하나를 세주고 집 주인 행세를 하게 한 기특한 무허가 양기와 집은, 전세 얻을 액수도 안 되는 겨우 50만 원짜리 보잘것없는 집이었다. 그 무허가 집은, 법적으로야 어떤 위치에 있건 간에, 아무렴 남의 집 곁방살이 보다야 못하랴 하는 배짱으로 두말 않고 산 집이었다. 복덕방 영감님이 강조한, 사는 데 아무 문제가 없다는 말은 빈 말이 아니었다.

그곳에서 산 7년 동안 정말 외형적으로는 아무 문제가

윤명숙과 집

없었다. 문서상에 기록이 없다 보니 도리어 우리가 문제를 일으키고도 은근슬쩍 시침을 떼는 일은 종종 있었지만 말이다. 주소가 없어 편지를 주고받는 일이 가능할까 했으나, 집배원 아저씨가 주소 대신 분필로 문짝에 숫자를 휘갈겨 써놓는 지혜를 발휘함으로써 전혀 불편하지 않았다.

몇십 년 뒤, 우리는 예상컨대 우리 생애의 마지막이 될 법한 집을 지었고, 작은아들네와 함께 살기 위해 그 집으로 이사를 왔다. 번듯하고 넓고 최신식에, 당연히 허가받은 집인데다가. 마지막일지도 몰라 꽤나 공을 들였다. 그러나 설계가 완벽하다 해도 시행착오는 피할 수 없게 마련인지, 새 변기에서 썩는 냄새가 올라오거나 수도꼭지에서 물이 졸졸 새기도 해서 신경에 거슬리는 일이 심심찮게 생겼다.

사람의 마음이란 게 간사해서, 예전엔 엄두도 못 냈을 궁궐 같은 집에 살면서도 조금만 불편하면 멀쩡한 것을 돈 들여 뜯어고친다.

변기를 바꾸기로 결정한 날, 어차피 법석 떨 바에야 욕조도 바꿔달라고 했다. 세라믹욕조가 보기에 산뜻하고 가격도 무난해 쉽게 선택했는데, 들고 날 때 너무 미끄러워 거동 불편한 남편이 욕조 들어가길 꺼렸기 때문이다.

가뜩이나 목욕하길 싫어하는 남편에겐 미끄러운 욕조가 더없이 좋은 핑곗거리가 되어준 셈이다. 그렇다면 어쩔 수 없다. 너무 사치스럽다고 내가 극구 반대했던 편백나무 욕조로 뜯어고치는 수밖에. 공연히 돈만 두 배로 지출했다.

60년대엔 화장실이란 개념부터가 없었다. 뒷간이라 부르거나, 격식을 좀 갖추어서는 '변소'라 칭했다. 세수간이 따로 있다 하면 제법 산다는 집이고, 보통은 마당 우물가나 펌프 옆에서 세수도 하고 여름엔 목물도 했다.

64년, 처음 내 집이라고 들어간 무허가 집도 예외는 아니어서, 대문을 들어서면(실은 쪽문에 불과하지만), 바로 왼쪽에 당장 떨어져나갈 듯 간신히 버티고 있는 '뒷간'이 있었다. 통상 뒷간은 냄새를 고려해 집 뒤 멀찌감치 두는 것으로 예를 갖추기 마련이나, 이 집 뒤꼍은 바로 철둑으로 막혀 있어 예고 나발이고 갖출 만한 화상이 못되었다.

이사하자마자 내가 가장 먼저 한 공사가 '뒷간' 손보기였다. 해방 후, 10대 때 살던 원효로의 적산가옥 변소는 사용 전후엔 언제나 뚜껑을 여닫았고, 물걸레로 늘 마룻바닥을 닦아 청결했다. 전쟁을 함께 견딘 청량리 전통한옥 집 변소도 굵은

윤명숙과 집

소나무 기둥 위에 서까래를 얹은 위용이 자못 근엄한, 그래서 아주 친근한 장소였다.

이런 내가 뒷간을 무서워하게 된 것은 피란길에 나서고부터였다. 양평에서 청주까지 열흘이나 걷는 동안 빈 농가 뒷간을 이용했는데, 어느 집이나 한결같이 두엄자리 옆에 땅을 우묵하게 파놓고 긴 나무 판때기를 걸쳐 놓은 게 전부였다. 운 나쁘게 걸려들면 판때기가 뒤뚱거리거나 출렁댔다. 요즘도 똥무더기 위로 떨어지지 않으려고 버둥거리는 악몽을 심심찮게 꾼다.

그런데 지금은 어떤가? 양변기에 앉았다 일어나는 순간 뒤돌아 확인해볼 새도 없이 전자동으로 물이 쫙 내려가 흔적 없이 사라진다. 손만 까닥하면 머리 위 샤워기에서 더운물이 콸콸 쏟아지고, 거실과 한통속인 주방에선 TV 드라마를 뒤통수로 들으며 더운물로 설거지를 해치운다.

추운 겨울, 주소도 없는 무허가 손바닥만 한 마당 수돗가에서 설거지하던 때가 까마득하다. 더도 덜도 말고 부엌에 수도가 있었으면 얼마나 좋을까, 아니 수도는 없더라도 설거지물을 버릴 수 있는 하수도 구멍이라도 있으면 얼마나 편할까….

머플러와 핸드백, 종이에 연필, 2021

그러나 아이 하나 딸린 새댁은 무허가 주소 없는 집을 야금야금 바꾸는 재미로 살았다. 뒷간을 고치고, 부엌에 진흙 부뚜막을 시멘트로 바르고, 수도를 끌어 들이고, 하수도를 뚫고, 더 나아가 방 하나를 이어 내고, 몰래 뒤꼍에 철둑을 파헤치고, 무허가 작업실까지 뚝딱 짓고, 그리고 그 집에서 세 아이의 엄마가 되었다.

그로부터 56년이 흘렀다. 세상은 풍족하고 편리해졌다. 그러나 황혼으로 접어든 우리에겐 멀기만 하다. 빠르게 변하는 디지털 시대에 잘 적응 못하는 것이 그저 면구스럽다. 딸이 온라인 쇼핑을 권하지만 난 그래도 시장바구니 들고 식료품 사이를 기웃거린다. 내 안 깊은 곳에는 여전히 헐벗은 아이가 숨어 있다. 풍족하면 할수록 감사하는 마음과 동시에, 죄책감을 일깨워주는 내 안에 또 다른 나. 그 아이에게 그리움을 담아 사랑한다고 말하고 싶다.

굼벵이도 구르는 재주가 있나니

나에게는 남다른 재주가 한 가지 있다. 오랜 기간 이리저리 이사를 다니면서 나도 모르게 터득한 아주 쓸모 있는 재주다. 한두 번 시행착오도 겪고 뼈아픈 대가도 치르긴 했지만, 비싼 수업료 지불한 것 치곤 성적이 좋은 편이다. 크면서 영악하단 소리는 듣지 않았는데, 어디에 그런 성향이 숨어 있었는지 모르겠다. 집을 사고팔 때만큼은 치밀한데다가, 과감하고, 게다가 교활하기까지 하다. 복부인이 갖춰야 할 덕목인데, 어쩌다 나에게까지 그 은혜가 비집고 들어왔는지, 그저 감사할 따름이다.

집 장사가 지은, 겉만 번지르르한 합정동 집에서 10년 족히 살다가 가세가 좀 나아지면서 집을 늘리기로 마음먹었다. 그러고는 곧바로 남편의 직장인 홍익대학교를 중심으로 반경

　　　　　　　　　　　　　윤명숙과 집

1킬로미터 이내의 동네를 지도를 보아가며 샅샅이 뒤지기 시작했다. 그 일은 숨은 보물찾기처럼 나를 흥분시켰다. 마침내 부르튼 발길이 멈춘 곳은 동교동, 그 결과 85년 봄, 동교동에 98평 대지의 붉은 2층 벽돌집을 사게 되었다. 복덕방 아저씨가 주저하며 내키지 않는 발길로 이 붉은 벽돌집에 안내했을 때, 난 첫 눈에 딱 알아봤다.

'너 임마! 제대로 임자 만났다.'

난 속으로 쾌재를 불렀다. 흠잡을 데 없이 잘 갖추어진 집이어서가 아니었다. 오히려 그 집은 한눈에 봐도 문제투성이인 집이었다. 세 들어 있는 가구만 해도 다섯 집에, 집주인은 어설프게 집 장사나 해볼까 하고 대출받아 샀겠지만, 계획대로 안 되었는지 당장 집이 경매에 넘어가게 생겼단다. 그것도 기일이 코앞으로 다가와 주인 여자 얼굴은 사색이었다. 난 당장 법무사와 주인, 그리고 복덕방 아저씨를 이끌고 은행으로, 법원으로, 얽히고설킨 문제를 깔끔하게 처리하고 그 자리에서 시세보다 싼값에 매매 계약서를 썼다.

다음에 한 일은 세든 가구들을 어르고 달래 내보내는 일이었다. 나의 치밀하고, 과감하고, 교활한 성향이 그 어느 때보다도 빛을 발했다. 말 안 되는 불평을 일축하고, 미적대는 사람을 압박하고, 솔깃한 제안을 툭 던져준다. 그렇게 거주민

굼벵이도 구르는 재주가 있나니　　　　　207

문제를 해결하고 드디어 대문을 열고 마당을 지나 텅 빈 집으로 개선장군처럼 들어갔다. 그런데 나를 반겨준 것은 어마어마한 양의 배고픈 바퀴벌레였다.

나는 아주 오래전에 작은 집을 수리한 경험이 있다. 사실 경력이랄 것도 없지만, 겨우 방 한 칸 늘리고 손바닥만 한 작업실을 허가 없이 지은 주제에 덜컥 겁도 없이 덤벼든 것이다. 이번에는 큰맘 먹고 남편의 지인인 인테리어 업자에게 시공을 맡겼는데, 그가 하는 일이라는 게 지지부진 요령이 없었다. 벽을 뜯어내면 다음 날은 천정에 문제가 생겼고, 천정을 건드리면 전기배선을 새로 해야 한다고 했다. 애초에 계획을 세우지 않고 상황에 따라 구조 변경을 하는 것이 그의 독특한 노하우라는 걸 나는 뒤늦게야 깨달았다. 공사비가 얼마나 들지 예산을 세울 수가 없었다. 어쩔 수 없이 손해를 감수하고 그 사람과 진행하던 모든 일을 깨끗이 접었다. 그러고는 내가 직접 집수리에 뛰어들었다. 그러나 이번 일은 그리 만만치가 않았다. 쥐뿔도 모르면서 쉽게 덤벼들다간 큰코다친다는 것을 뼛속 깊이 새겼다. 뿐만 아니라 집수리가 얼마나 재미있는 작업인지도 덤으로 알게 됐다.

윤명숙과 집

내게 숨겨진, 위험한 재능을 알 리 없는 그 지인은 집수리에서 손을 떼면서 훌륭한 장인 목수를 소개해줬다. 나의 섣부른 열정에 날개가 달린 셈이다. 난 망설이지 않고 집 뼈대만 남기고 싹 벗겨냈다. 그리고 차근차근 다시 붙이는 작전으로 진행해나갔다. 동교동 집의 주제는 붉은 벽돌과 소나무 목재의 콤비네이션이다. 시험 삼아 공장에서 구워내서 기존의 벽돌보다 조금 얇고 표면에 손가락 자국이 찍힌 테라코타를 지인에 도움으로 싼 가격에 구입했다. 그러나 쌓아 올리는 인건비는 두 배로 비쌌다. 소나무 목재는 종로가 개발되면서 헐린 유명한 한옥요정에서 나온 서까래며 대들보 일부를 사서 충당했다.

엄밀히 말해서 동교동 집은 그 장인 목수의 손에 의해서 재탄생됐다. 내가 집수리에 열을 올릴 수 있었던 것도 순전히 그분 덕이었다. 연세는 일흔쯤 되었는데, 골격이 장대하고 인물은 훤했다. 천장 낮고 폭 좁은 주차장 일터에서는 언제나 소나무 향기가 은은하게 피어올랐고, 경쾌한 망치질 소리를 듣고 그의 손에서 춤추는 대패를 보는 것만으로도 흥이 솟았다.

집수리 시작한 지 석 달 만에 드디어 동남향에 밝고 환한 붉은 벽돌집이 완성됐다. 거실 창문 밖에는 소나무를 심었고 대문 양옆으로 꽃사과나무랑 감나무를 심었다. 주차장 위에는 장독대도 만들고 정원석으로 주차장 벽을 쌓아 올려 철쭉이며 영산홍을 갈피마다 끼워 넣었다. 봄이면 집은 온통 꽃밭으로 변했다. 예부터 재주 많은 사람 신역 고되다던가?

봄마다 으레 연래 행사로 격자무늬 창살에 한지를 발랐는데 그 양이 엄청났다. 창문이 스물네 짝이나 되니 며칠씩 끙끙대야 했다. 풀 쑤는 일도 고역이지만 문짝을 뗐다 붙였다 하는 것도 천하장사 아니면 엄두도 못 낼 일이었다.

이쯤에서 생색은 그만 내기로 하자. 저 좋아서 한 고생 아닌가? 생고생해서 배운 도둑질을 그냥 썩힐 수 없어서 아이들 집 살 때마다 어김없이 써먹는다.

'주인이 해결 못해 진저리 치는 집을 내가 사서 해결한다'가 나의 숨겨놓은 재주다. 안타깝게도 많이는 못해봤지만, 세 아이 집 살 때마다 야무지게 써먹었다. 그러고는 두고두고 생색을 내며 우려먹고 있는 중이다. 굼벵이도 구르는 재주가 있다던가?

윤명숙과 집

야금야금 잠식하기

전에 살던 고층아파트는 전망도 좋고 편의시설도 갖추고 있어서 난 그냥저냥 살겠다고 했는데 며늘애가 두 집 살림을 합쳐야 한다고 고집을 부렸다. 그때도 동만 다른 같은 아파트였는데, 그것으로는 부족해서 아침저녁 얼굴 맞대고 한집에서 살겠단다. 결국 연희동에 집을 사고, 헌 집을 부수고, 아침저녁 얼굴을 마주볼 수 있게 설계해서 집을 지었다. 그래서 아들네하고 우린 가칭 근린복합건물 꼭대기 층으로 이사를 하게 됐다. 여기는 전에 살던 아파트보다 평수가 작아서 10년 가까이 편하게 널브러져 있던 살림살이를 반으로 줄여야 했다.

이사 날짜를 정하기도 전에 난 이삿짐부터 쌌다. 10년 전만해도 한 달 만에 후딱 짐을 꾸렸는데 이젠 그럴 힘도 없을

뿐더러 머리 회전도 전만 못하다. 그래도 늘 하던 가락은 있어서 매일 조금씩 구석에 숨어 있는 물건부터 끌어낸다.

몇 년씩 꺼내 본 적도 없는, 쓸모는 있어도 한 번도 쓸 필요가 없었던 물건들이 하나씩 재활용 쓰레기장으로 행차한다. 싼 맛에 샀거나, 곱다고 사거나, 그냥 기분전환 한다고 산, 결코 한 번도 입어주지 않은 옷들은 사은품으로 받은 갖가지 생활용품과 함께 요양소로 보내진다.

30년 넘게 옷장에서 위용을 과시하고 있는 명품 옷의 운명이 촛불처럼 흔들린다. 인사치레로 모처럼 걸쳐보지만 코트자락은 바닥에 끌리고 허리선은 엉덩이에 걸린다. 나이 들면서 줄어든 신체 지수가 믿기지 않는다.

당장 입을 옷 너덧 벌하고 매일 밥상에 올라가는 그릇 여남은, 냄비 서넛, 수저 두벌만 남겨놓고 모두 이삿짐 속으로 들어간다. 그러고 보니 사람이 살아가는 데는 그렇게 많은 것이 필요하지 않다. 없으면 없는 데로 얼마든지 살 수 있다. 홀가분하기까지 하다.

근데 우리 집 중에는 골칫거리가 하나 있다. 바로 책이다. 문학잡지나 소설책이면 웬만큼 많다 해도 문제 될 게 없는데 우리 집 책장은 화집이 대부분 차지하고 그 한 권의 무게가

울 스웨터, 종이에 연필과 수채화 물감, 2020

족히 3 내지 4킬로그램이나 나가는 데다 부수도 어마어마하기 때문이다. 내 특기가 뭐든지 '야금야금 잠식하기'라지만 화집을 상자에 담아 묶는 일만은 섣불리 덤벼들 일이 아니다. 조금씩 힘을 아껴가며 즐겁게 일한다는 목표를 세워도 아차 하는 순간 과욕이 골병을 부른다. 맨 위에 손이 안 닿는 곳부터 시작해서 매일 조금씩 헐어 내린다. 참고로 밝히자면 책장 세 개에 총 길이는 10여 미터, 높이는 천장에 닿는다.

예전엔 화집이 아주 귀했다. 화가들이 돈도 없었고 (모두가 그렇다는 것은 아니지만) 좋은 종이도 구하기 힘들고, 인쇄 기술도 떨어졌었는데 요즘은 세상이 좋아져서 웬만하면 전시회 앞두고 화집부터 만들어 돌린다. 좋은 일이기는 하나 이사할 때마다 버려야 하나 껴안고 살아야 하나 고민을 하게 만드니 문제다. 게다가 엄청 무겁다.

이사하기 힘들다고 툴툴대면은 모두들 한심한 얼굴로 외계인 보듯 해서 아예 입도 뻥긋 안 한다. 이삿짐 센터에 의뢰하면 숙련된 근육맨들이 우르르 달려와 알아서 척척 짐 싸고 옮기고 풀고 정리까지 해주는 세상인데, 늙은이가 궁상맞게 이삿짐 싼다고 늙은 몸을 혹사하고 있으니 말이다.

'왜 그렇게 살아요?' 소리 들으면 나도 한심스럽긴 하다. 헌데 60년을 하다 보니 단단히 재미가 붙은 모양이다. 이사

윤명숙과 집

한 번 할 때마다 묵은 때 벗겨내고, 털어내고, 버리고, 비워내는 일련의 작업들이 나는 아주 만족스럽다. 이번에 이사하면 아마도 내 생애에 두 번 다시 이사할 일은 없으리라. 할렐루야!

아침저녁 창문 너머로 며늘애와 눈 맞추는 삶이 나를 기다리고 있다.

즐거운 나의 집 ────────────

나처럼, 나이 들어 머잖아 세상을 떠날 사람이, 익숙하게 살던 집을 버리고 새 집을 지어, 낯선 생활을 다시 시작하는 것은 변명의 여지없이 미친 짓이다. 그러니 웬만해선 피할 일이다. 우리 두 늙은이가 이사 온 새집은 큰 덩치에 비해 막상 생활하는 데 필요한 공간은 그리 넓지 않다. 트윈 침대와 붙박이장이 있는 침실, 소파와 식탁이 함께 들앉아 있는 거실, 거실 동쪽 창문 아래는 주방시설이 붙어 있고, 북쪽으로 화장실과 수납장 세탁실이 있다.

최소한에 공간 위에 절제된 설계로 지어진 집이다. 빤한 구조에 집임에도 몇 달이 지난 지금까지도 익숙해지지 않는 것은, 학습의 문제라기보다는 여전히 자릴 못 잡은 채 서성대

윤명숙과 집

고 있는 정서의 문제가 아닌가 한다.

연희동 집은 온전히 건축가의 독특한 취향에 따라 설계 되었다. 새집을 설계한 분은 자타가 공인하는 유명 건축가다. 중학동 옛 한국일보 자리에 들어선, 쩍 갈라진 고목나무를 연상케 하는 거대한 건물이 그분 작품이다. 그런 건축가에게 개인 주택을 부탁한 것은 어찌 보면 무례하고 무모한 결정이기도 했다. 각자의 작품을 통해 개인적으로 서로 좋아한다 해도 무리하게 부탁할 일은 아니었다.

애초에 이사를 해볼까 생각한 것은, 부모의 노후를 걱정하는 며늘아이가 아파트건 주택이건 한 공간에서 살면 걱정을 덜겠다고 해서 시작한 일이었다. 처음에는 아파트만 보러다니다 마땅한 것을 찾지 못하자 낡은 주택으로까지 불이 번지면서 우린 점점 초심을 잃게 되었다.

맘에 드는 집이 있어도 흥정은커녕 번번이 집주인 얼굴도 못 보고 돌아서야 했다. 땅값이 올라가는 타이밍을 잘못 탄 것이다. 성미 급한 며늘애와 뚝심 있는 시어미는 위험천만한 오기가 생겨났다. 그러다 연세대 캠퍼스가 있는 안산 서쪽 경사진 땅에 50년 된 낡은 집을 보자마자 며늘애와 나는 은밀한 눈길을 주고받으며 '바로 이거지?' 대뜸 의사소통이 되

었다. 40년이나 살았다면서, 팔 의사가 없다던 집주인이, 아파
트로 이사 가자고 보채는 부인 손에 이끌려 겨우 부동산 사
무실까지 나온 것을, 우리 고부가 부추기고 설득해 계약을 성
사시켰다.

다행한 것은, 그렇게 두서없이 치른 대사치곤, 반듯한 땅
에, 위치도 좋고, 더 잘한 것은, 흥정도 안 했는데 주위 땅보
다 싸게 샀다는 거였다. 첫 단추를 잘 끼운 것이다.

남편의 아틀리에는 성산동 성미산을 마주보는 곳에 있
다. 20년 넘게 그곳에서 작업을 하고 있다. 처음 작업실을 지
었을 땐 제법 넓다고 생각했지만, 날이 갈수록 작품이 쌓이
는 바람에 지금은 거의 창고 수준에 이르렀다. 남편은 평소에
옹색한 공간에서 그림을 이리저리 옮기는 일을 번거로워했는
데, 특히 요즘엔 외국 컬렉터들의 작업실 방문이 잦아지는 터
라 어수선한 작업 현장까지 노출되는 것을 꺼림칙하게 생각했
다. 그러다 연희동에 240평이나 되는 땅을 보니 욕심이 안 생
겨날 수 없었다.

물론 처음부터 작업실까지 염두에 두고 계획을 세웠던
것은 아니다. 이왕이면 빈번하게 찾아오는 손님용 홀을 따로
두고, 벽에는 작품 걸어놓고 볼 수 있는, 굳이 이름을 붙이자

윤명숙과 집

면 전시실 정도가 있으면 좋겠다는 게 우리의 소심한 주문이
었다. 그리고 자연이 허락하는 한 땅과 타협하면서 내외가 불
편 없이 살 수 있는 그런 집을 주문했는데. 건축가의 욕심은
우리와 달랐던 모양이다.

　2년 가까이 기다린 후, 나무랄 데 없는 번듯한 집이 완공
돼 입주해 잘 살고는 있으나, 어쩐지 편하지는 않다. 만만치가
않아서다. 건물이 너무 당당해서 내가 주눅이 들었는지도 모
르겠다. 내 집을 찾는 손님은 건물 주위를 기웃거리다가 출입
문이 어디냐고 전화를 한다. 사람의 첫인상은 처음 얼굴을 대
할 때의 느낌이 좌우한다. 특히 체면을 중히 여기는 한국 사
람들은 대문을 집의 얼굴이라 생각하는 것 같다. 그러고 보
니 나도 예전에 헌 집을 수리하면서 대문에 지나친 치장을 했
던 게 생각난다. 이사하기 전에 살던 아파트 단지도 멀쩡한 출
입문 옆에 걸맞지 않은 화려한 회전문을 또 달면서 로비 확장
문제로 입주민들이 회의 때마다 싸웠다.

　그런데 우리의 새집 출입문은, 전혀 다른 방식으로 자기
존재를 드러낸다. 아예 기존의 문이란 개념을 없앴다. 그러고
보면 이 집은 오만하기 이를 데 없다. 낯을 가리고 있으니까.

주차장은 한눈에 봐도 넓고 쾌적하다. 셔터문은 오전 7시' 면 내가 눈 비비며 내려가 올려놓고 3층 주택으로 올라온다. 이때 승강기가 있는 로비에 전등을 켜두어야만 밖에서 볼 때 출입문 비슷한 곳을 찾아낼 수 있다. 불을 밝히지 않으면 주차장 벽으로 오인하기 쉽다. 미니멀한 디자인이 우리 주차장의 품격을 높이고 있으니 '출입문 찾아 삼만 리'를 막을 재간이 없다. 방문객이 줄어드는 이유가 반듯이 출입문의 낯가림 때문만은 아니겠지만, 어느 날 새벽에, 주차장으로 내려가 신문 줍고 셔터 문 여는데 이놈의 문이 꼼짝달싹 움직이지 않아 혼쭐이 났다. 밖으로 탈출할 수 있는 통로가 제 놈밖에 없다고 유세를 부렸던가 보다. 이래저래 이 집이 여 주인과 친해지려면 시간이 꽤나 필요할 것 같다.

나의 주 공간인 주방 창문으로 밖을 내다보면, 네댓 발자국 거리에 소나무 한 그루가 서 있다. 소나무 사이로 작은아들네가 사는 공간이 마주 보인다. 가끔 그 집 거실 창문 틈으로, 애들이 키우는 고양이란 놈이 내가 서 있는 주방 쪽을 꼼짝 않고 넘겨다볼 때가 있다. 그럴 땐 나도 지긋이 그놈을 마주 바라다본다. 그놈이 슬그머니 사라지면 그 자리엔 소나무와 창문만이 내 시야에 고즈넉이 남는다.

윤명숙과 집

나는 가끔 생각해본다. 내가 먼저 자리를 뜨면, 저 고양이도 소나무 사이로 빈 창문을 나처럼 바라다보고 있는 건 아닐까?

첫 손님

집 공사가 웬만큼 마무리됐나 해서 오후 늦게 현장을 보러 갔다. 여전히 먼지는 풀풀 날리고 벽에 페인트는 끈적거렸다. 내 집인데도 낯설었다.

집 앞에서 인부 서너 명이 잔디를 깐다고 땀을 흘리고 있었다. 시원한 음료수라도 사 들고 갈걸, 후회하고 서 있는데 경사진 언덕 위에서 웬 몸집 작은 할머니가 위태롭게 걸어 내려왔다. 손에 작은 쟁반을 들고 있었는데 그 안에 커피 세 잔이 아슬아슬하게 놓여 있었다. "안녕하세요?" 난 우선 인사부터 했다. 그녀가 익숙한 손짓으로 인부들을 불러 커피 잔을 건네주었다.

"매일 시끄럽게 하는데 커피까지 주세요?" 내가 너스레

윤명숙과 집

를 떨며 인부들 눈치를 슬쩍 보니 한두 번 있었던 일은 아닌 듯 천연덕스럽게 받아 마셨다.

'세상에나! 어쩜 이리 인심이 좋을까.' 난 단숨에 경계를 풀었다.

"어디 사셔요?"

찬찬히 내 얼굴을 살피던 할머니가 반색을 하며 말했다.

"요 위에 빨간 벽돌집에. 근데 뉘슈?"

"이 집으로 이사 올 사람이에요."

"오라. 화가가 집주인이라더니 댁이 안주인이시구려."

말투로 봐서는 나이가 든 것 같은데 말간 피부 하며 짧게 파마한 은회색 머리카락으로 보아 내 또랜가 싶기도 했다.

"올해 몇이세요?" 귀가 안 들리는지 당신의 귀를 내 입 가까이 들이댔다가 떼고는 건치를 들어내고 활짝 웃었다.

"나이를 물으면 부끄러워서 말을 못하겠다니까." 그러고 는 갑자기 목소리를 낮추더니 내 귀에다 대고 "아흔셋" 했다.

"예? 너무 고우세요." 내가 크게 소리쳤다.

"새댁은 몇 살이우?"

"저요? 새댁이 아니라 팔십 할머니에요."

그녀가 갑자기 내 말은 들은 척도 안하고 인부들 일하는 곳으로 다가갔다.

첫 손님

"잔디 깔아봐야 소용없어. 다 죽는다니까."

인부들이 싱글싱글 웃기만 했다.

"다 죽을 건데 뭣 하러 심어 나나 주지."

인부들이 이젠 쿡쿡 웃었다.

내가 어리둥절하여 바라보는 동안 그녀가 시루떡 같은 잔디를 뺏듯이 얻어내서 품에 안고, 남은 한 손에 빈 커피 쟁반을 위태롭게 받쳐 들고는 다시 언덕길로 휑하니 올라가고 있었다.

'짐작건대 꽃나무 심을 때도 커피랑 맞바꿔치기했겠구나.'

할머니가 골목 끝나는 지점에서 좌측으로 돌아 사라질 때까지 눈으로 쫓고 있던 나에게 흙을 다지던 인부가 뒤돌아보며 말했다.

"저 할머니 다주택에 사세요. 좀 있으면 며느린지 딸인지가 도루 갖고 올 거예요."

"왜요?"

"마당이 없답니다." 인부가 한숨 섞어 말했다.

가슴 한구석이 쓸쓸해졌다.

갑자기 치매로 고생하시다 90세에 돌아가신 시어머니가 생각났다. 어느 겨울날 어머닌 출근하는 아들을 붙잡고 예수님이 보낸 꽃가마가 소나무 아래 기다리고 있으니 마당으로 데려다달라고 억지를 부렸다. 성질 급한 아들이 어머니 머리를 움켜쥐고 뒤흔드는 바람에 그만 틀니가 바닥에 떨어져 깨졌다. 경황없이 허둥대는 나를 빤히 바라보며 어머니가 말했다. "재가 왜 저러니?" 합죽한 입에 잔뜩 웃음을 머금고 말간 얼굴로 내 옆구리를 쿡 찔렀다.

아무래도 이곳으로 이사 오면 저 할머니랑 심심찮게 친구 먹을 것 같아 웃음이 났다.

금쪽같은 내 아이

둘째 아들 내외와 우린 한 건물에 산다. 중정을 사이에 두고 두 집이 마주하고 있다. 중정이래야 사방 9미터 쯤 되는 콘크리트 바닥에 소나무를 심기 위해 거북이 등처럼 흙을 메운 것이지만 말이다. 새집으로 이사올 때 며늘애와 약속했던, 아침 저녁 창 너머로 눈인사 하는 것은 창문에 선팅을 짙게 하는 바람에 물 건너갔다. 맘만 먹으면 문 열고 소리쳐도 되는 거리지만, 성격 급한 며늘아이는 풀방구리에 쥐 들 듯 우리 집에 드나든다. 며늘아이는 시아버지의 매니저이자 집사 겸 도우미로, 하는 일이 많다.

품격을 지키기 위해서는 며느리 이름을 함부로 부르면 안 되는데 우린 격의 없이 영림이라 부르고, 그렇게 부른 지

윤명숙과 집

벌써 29년이나 됐다. 영림이도 우리를 스스럼없이 그냥 아버지, 어머니라 부른다. 한술 더 떠, 대학 선배였던 시아주버니는 '형'이라고 부른다.

영림이는 서울미대 디자인과 동기였던 우리 둘째 아들과 2학년 때부터 사귀기 시작했다. 캠퍼스 커플로 잘 지내더니 영림이가 졸업하고, 취직하고, 사회생활을 하면서부터 둘이 삐걱대기 시작했다. 못난 내 아들이 방위하랴, 대학원 다니랴, 제 밥벌이를 못하자 자격지심에 그랬는지 "어디냐?" "뭐하냐?" 하고 밤낮없이 닦달을 한 모양이었다. 결국 둘은 헤어졌다.

둘의 소식에 제일 안타까워한 사람은 영림 엄마와 나였다. 그냥 두면 안 되겠다 싶어 두 엄마가 처음으로 서로 연락해서 종로에서 만났다. 국민학교에서 교직생활을 오래 했다는 영림 엄마는 마른 체구로 조촐한 인상을 하고 있었다. 반면 나는 종로 YMCA에서 수영으로 단련되어 기골이 장대했다. 영림이는 2남 2녀의 막내로 결혼 적령기에 접어들었다. 내 아들을 사위로 단단히 믿고 있었던 영림이 엄마는 이 지경이 된 것은 딸이 변심한 때문이라며 안타까워했다. 하지만 두 엄마가 이마를 맞대고 전략을 짜봐도 별 수가 없었다. 괜히 이

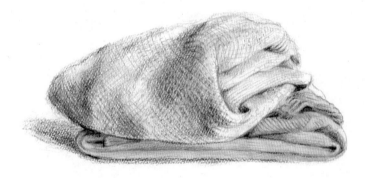

흐트러진 스웨터, 종이에 연필, 2021

런저런 세상 돌아가는 얘기만 주고받다가 결국 우리는 사람의 앞일은 어찌 될지 모른다며 서로를 위로하면서 헤어졌다.

1년 후, 영림 엄마가 별안간 돌아가셨다는 비보가 날아왔다. 아들을 대동하고 한달음에 장례식장으로 달려가니 영림이가 쫓아 나와 내 품에 안겼다. 1년 만에 다시 보는 것이었다. 아들이 묵묵히 영림이 곁에 남아 궂은일을 도왔고, 몇 달후 두 사람은 홍익대 교정에서 수수하게 결혼식을 올렸다. 신혼부부는 여행에서 돌아와 아버지 혼자 남은 친정에서 하룻밤 자고, 엄마가 막내 시집갈 때 주려고 다락에 고이 간직해놓은 비단 이불을 싸들고 우리 집으로 왔다.

영림에겐 미국 신문사에서 기자로 일하는 외삼촌이 한분 있었다. 안타깝게도 영림 엄마의 자랑이던 그 동생이 미국에서 교통사고로 목숨을 잃었고, 그 충격이 얼마나 컸는지 장례식에 참석하러 간 영림 엄마가 미국에서 심장병으로 쓰러졌다. 당신이 다신 일어나지 못할 걸 예상했는지 병원 중환자실에서 나에게 편지를 썼다. 그 편지가 그녀의 소지품에 묻혀 있다가 돌아가신 후 짐 정리하는 중에 발견되어 뒤늦게 나에게 전해졌다.

교사로 재직하며 올망졸망 동생들 키우다 시골 부자와 결혼해서 동생들 대학 보낸 사연, 10원 한 장 벌어본 적 없는 무능한 남편과 부모가 남긴 재산 다 들어먹으면서도 오순도순 살아온 얘기, 영림이가 남달리 영특하여 과외 한 번 안 하고도 서울대 붙었다는 깨알 자랑, 현재는 가진 게 없어 영림이 시집 보낼 걱정이 태산이지만 승호 어머님이 영림이를 많이 사랑해주시는 것을 믿기 때문에 죽는다 해도 마음 편히 가겠다는 이야기가 구구절절 쓰여 있었다. 아픈 와중에 쓴 글인데도 글씨체가 반듯하고 맞춤법도 정확했다.

우리가 종로에서 만났을 때 그분은 앞에 앉은 살집 좋은 여자가 당신의 금쪽같은 막내와 찰떡궁합이 되리란 것을 한눈에 알아본 것이 분명하다. 굼뜬 내가 장례식 끝나자마자 불문곡직하고 결혼식 준비를 했으니 말이다.

영림이와 승호는 평생 친구처럼 산다. 아들 하나를 낳아 다 키웠고, 요즘은 고양이도 한 마리 키운다.

내가 여태 살아보니, 사람과 사람이 만나는 데는 맞춤형 공식 같은 것은 없는 것 같다. TV에 늙은 여자 젊은 여자 떼지어 나와 모름지기 고부간이란 이러저러하다고 떠들어봐야 말짱 헛소리에 불과하다. 사주팔자를 믿는 것은 아니지만, 사람 만나는 일은 불가사의하다는 게 내 생각이다.

저녁 설거지 마치고 고개 들어 앞을 보니 창문 넘어 아들
네 집 거실 창문에 사람 그림자가 어른거린다. '영림아! 하루
종일 뛰어다니느라 고생했다. 어서 쉬렴.'

철길 옆 판잣집

신촌 로터리에서 볼일을 보고, 빠른 길을 되찾아 나온다는 게 그만 고층 건물에 가려 잊힌, 내가 오래전에 살던 동네로 들어서게 됐다. 그곳은 예전이나 다름없이 길은 좁고 집들은 낡아 있었다. 그 동네를 떠난 지 50년이 됐는데도 여전히 시간이 멈춘 듯했다.

결혼하고 4년 동안, 6개월마다 정신없이 이사를 다니다가, 처음으로 내 집이라고 장만한 곳이, 신촌에서도 제일 환경이 고약한 철길 옆이었다. 화물 기차가 하루에도 몇 번씩 연탄가루를 휘날리며 지나다녔다. 우린 바로 그 철둑 밑에 방 둘 부엌 하나 딸린 무허가 집을 산 것이다. 연탄 공장 바로 코앞, 먼저 살던 집을 크게 벗어나지 못하고 조금 비켜난 것은, 경제력이 없었기 때문이다.

윤명숙과 집

그때가 1963년경으로, 하룻밤 사이에 뚝딱 무허가 판잣집이 장마철 버섯처럼 음습하게 피어날 때였다. 대지가 한 20평쯤 됐을까? 좁은 틈을 비집고 집 뒤로 돌아가면 바로 밋밋하게 경사진 철둑이 온갖 야생풀을 뽐내며 들어앉아 있었다. 그래도 쪽문을 열고 들어서면 손바닥만 한 마당이라는 것이 있었다. 이사하자마자 마당 한구석에 수도를 끌어들이고 (전에 살던 사람은 우물물을 길어다 썼다) 그 손바닥만 한 마당에 방 하나를 더 이어 붙였다. 집수리하면서 빌린 돈은 방 하나를 세줘서 메꿨다. 드디어 셋방살이 신세를 면하고 집주인 행세를 하게 된 것이다.

쪽문 들어서서 두 발짝만 풀쩍 뛰면 현관문이고, 바닥은 시멘트를 발라 풀 한 포기 자랄 곳이 없었다. 내가 매일 뒤꼍을 비집고 들어가 호미로 흙을 긁어낸 것은 맹세컨대, 백일홍과 맨드라미를 심기 위해서였다. 돗자리 깔고 엉덩이 붙일 만큼만 파낸 자리에 화초를 심고 나니, 고추장 항아리 놓을 자리가 필요했고, 고추장 항아리를 놓고 보니, 그 옆에 김장독을 놓으면 아주 잘 어울릴 것 같았다. 김장독이 쌀독까지 불러들인 것은 전적으로 내 욕심이라기엔 좀 억울한 면이 없잖아 있다(나는 언제 어디서나 비주얼을 문제 삼았으니까.)

그해 여름 밤새도록 장대비가 쏟아지던 날, 아침 일찍 뒤

곁을 갔다가 그제야 내가 무슨 짓을 저질렀는지 알아채고 가슴이 철렁했다. 둑이 무너져 내려 그동안 공들여 가꿔온 꽃밭이며 장독대가 흙에 묻혀버린 것이다. 남편은 그때까지 뒤꼍에서 무슨 일이 일어나고 있는지 몰랐고, 나는 둑이 무너진 것은 전적으로 비 때문이라고 주장했으며, 우린 축대를 쌓기로 합의를 보았다.

아무리 집이 위험해도 철둑을 파헤치고 축대 쌓는 일은 함부로 할 일이 아니었건만, 우린 일할 사람을 구하고, 돈을 빌리고, 그리고 은밀하게 손수레로 흙을 퍼다 버리고, 등짐으로 돌을 옮기고, 일사천리로 일주일 만에 2미터 높이에 축대를 쌓아 올렸다. 요즘 같으면 구청에 민원이 들어가고 난리가 났겠지만, 그땐 다 같은 처지라 아무도 뭐라 하는 사람이 없었다(사실은 순경이 딱 한 번 왔었다).

또 한 번 맹세컨대, 나라는 사람은 그렇게 후안무치한 인간이 아니다. 처음부터 주도면밀하게 계획을 세우고 통 큰 나쁜 짓을 할 재목이 못 된다는 얘기다. 단지 축대를 쌓고 보니, 그 위에 덩그러니 공터가 생겼고, 남편이 그림그릴 작업실이 너무나 간절하게 필요했기 때문에, 그 공터를 좋은 일에 쓴 것뿐이다.

말하자면, 지엄한 나라 땅을 겁도 없이 파헤치고, 그곳에

윤명숙과 집

작업실을 지었다는 얘기다. 지붕만 올라가면 천하장사가 와도 맘대로 허물지 못한다는 사실을 아시나? 어쨌거나 우린 그곳에서 7년을 살았고 둘째 셋째를 낳아 다섯 식구가 되었다.

큰아들이 국민학교 2학년 되던 해, 그 집을 팔 때까지 난 그 집을 한 번도 초라하다고 생각해본 적이 없었다. 그곳을 떠나고 여러 해가 지난 다음, 그 앞을 지나다 보니 집이 정말 초라했다. 골목은 또 왜 그리 좁은가, 난 그 앞을 횅하니 지나치면서 가슴 한구석이 아릿했다.

언제쯤 그 집들이 헐렸는지 모르지만, 지금은 철길이 공원이 되었다. 머잖아 그곳도 재개발되면 모두의 기억에서 사라질 테고, 내 무용담도 나와 함께 영원히 묻히고 말 것이다. 철둑 옆 판잣집은 이미 흔적도 없이 사라졌지만 내 가슴 속엔 고추장 항아리 옆에 발그레 피어 있는 백일홍의 기억으로 언제까지 남아 있을 것이다.

5
·
사람과 사람들

배우를 꿈꾸던 남자 —————————

전화를 받고 장례식장으로 가는 내내 남편은 말이 없었다. 나도 눈물이 나지 않았다. 그냥 인생사가 쓸쓸해지고 가슴이 먹먹했다.

　나는 1958년, 12월에 결혼해서 독립문 근처 방 한 칸에 신혼살림을 풀었다. 그리고 얼마 지나지 않아 장마 후 불쑥불쑥 솟아나는 버섯처럼 남편의 형제들이 한 명씩 돌아가며 얼굴을 내밀었다. 형제가 몇이나 되는지 건성으로 듣고 시집온 나는 모든 걸 그저 덤덤하게 받아들였다. 어차피 달라질 게 없는 살림이었으니 동생이 셋이든 넷이든 건사할 능력이 없긴 마찬가지였다.
　막내시동생은 내 남동생과 같은 1948년생으로, 세 살 무렵 6.25전쟁을 겪은 세대다. 시아버지께서 전쟁 중에 돌아가셨으니 홀어머니 손에서 어렵게 지냈으려니 짐작은 했다. 그런 막내가 갑자기 배우가 되겠다고 안성에서 보따리 싸 들고 무작정 서울로 올라왔을 때는 나도 난감할 수밖에 없었다.

중학교도 제대로 다니지 않았고, 졸업장도 없는 데다, 배우가 되기에는 얼굴이 너무 못생겼기 때문이었다. 지금 같으면야 성격배우로 성공할 기회라도 주어졌겠지만 그 시절은 무엇보다 얼굴이 잘생겨야 배우 자격이 있던 때다.

그 당시 우리는 신촌 쌍우물가에 방 세 개 딸린 무허가 집에서 살았다. 그중 방 하나를 세주어 집주인 행세를 하던 때인데, 뾰족한 수가 없어 세입자를 내보내고 그 자리에 시동생 둘을 불러들였다.

하도 오래전 일이라 얼마나 함께 살았는지 기억도 가물가물한데, 막내시동생이 연기 연습한다고 횃대에 걸어놓은 옷자락을 부둥켜안고 연극 대사를 청승맞게 읊조리던 장면만큼은 또렷이 떠오른다.

막내시동생은 유난히 눈이 작고 코가 납작했다. 키라도 좀 크면 좋았을 텐데 그마저도 야속하게 받쳐주지 않았다. 요즘은 너도나도 돈만 있으면 하는 성형수술이지만 그때는 아무나 엄두를 낼 수 없었다. 성형 전문의도 별로 없었고 일반인들은 관심도 없던 때였다. 그러나 배우가 꿈인 시동생은 주위의 만류에도 불구하고 없는 돈을 짜내어 눈, 코 성형수술을 겁 없이 감행했다. 명동의 이름난 병원 솜씨라는데 어찌된 셈인지 눈두덩은 더 수북해지고 납작코는 주먹코로 바뀌었을 뿐, 시간이 지나도 기대했던 오똑한 코로 바뀔 기미는 보이지 않았다.

더 심각한 문제는, 머리를 모로 두고 자면 코가 엿가락처럼 늘어져 변형 되기 일쑤. 아침마다 시동생이 제일 먼저 하는 일은 코를 차게 한 후 손으로 주물러서 제자리에 일으켜 세우는 일이었는데, 몇달이 지나도 콧속에 들어앉은 그놈의 파라핀은 굳을 생각을 안 했다. 언감생심 당치도 않은 미남 배우의 꿈은 그렇게 바람과 함께 사라졌다.

나 역시 학창 시절에 연극 좀 해본 사람이라, 배우의 자질이 잘생긴 외모와는 얼추 무관하다는 것쯤 알고 있다. 그래서 남들이 시동생 말을 콧등으로 들을 때도 나는 일말의 기대를 하고 있었다. 왜냐하면 '끼'가 보였기 때문이다. 그러나 당사자는 소심하고 내성적인 성격에 심한 열등감까지 겹쳐 상대하기 쉽지 않다 보니, 갈수록 천덕꾸러기가 되는 꼴을 내 힘으로는 막을 도리가 없었다. 시동생 처지가 동갑내기 내 남동생과 비교될 뿐 아니라, 천진하고 귀여웠던 소년의 모습이 사라지는 것은 더 아쉽고 안쓰러웠다.

1961년, 남편이 청년작가 미술대회에 선정되어 파리에 갔다가 1년 가까이 돌아오지 못했었다. 사활을 건 심정으로 유일한 재산인 집 보증금을 뽑아 들고 석 달 예정으로 갔던 것인데 담당 공무원의 태만으로 전시회가 연기된 사실을 도착해서야 알게 된 것이다. 오도가도 못하는 난처한 상황에 빠진 건 남편만이 아니라, 청주 친정집에 내려가 있던 나도 마찬가지였다. 오십이 낼모레인 어머니 배가 만삭이었던 것이다. 등을 떠미는 사람은 없었지만 어머니의 해산일이 다가오자 난 돌 지난 아들을 데리고 안성 시집을 찾아갔다. 막내 시동생은 그때 국민학교 6학년이었다.

하라는 공부는 않고 들로 산으로 쫓아다니기 바쁜 개구장이 소년이 막 돌 지난 어린 조카를 만난 것이다. 섬약하고 다감한 성품의 삼촌은 조카를 들쳐 업고 놀러다니기 바빴다. 선행은 거기서 끝나지 않고 여름 삼복더위에 어린 조카가 잠들 때까지 부채질을 해주었다고 한다.

그때 나는 아이 곁에 없었다. 아들을 시집에 맡겨놓고 우윳값이라도 벌기 위해 서울에 가 있었다. 언니 집에 기거하면서 남편 친구의 소개로 국제복장학원에서 스타일화 그리는 일을 했다. 다행히 그 일을 두 달 정도 하고 안성에서 아들을 데려올 수 있었는데 그 사이 엄마를 잊고 서먹해진 아들은 하룻밤 자고 나더니 잠결에 이불을 박차고 삼촌을 부르며 밖으로 뛰쳐나갔다.

어린것이 엄마와 삼촌으로 인해 두 번이나 이별을 경험한 것이다. 안성을 떠나올 때 막내삼촌이 눈에 안 보였던 것도 아마 어린 조카를 떠나보내기 싫어 어딘가에 숨어서 울고 있었던 게 아닌가 싶다. 시동생이 열세 살 소년이던 때의 일이다.

시동생은 한동안 배우 학원을 다녔다. 그러나 그것도 잠시, 셋째 형의 자취방에 얹혀 살던 그는 형이 장가를 가는 바람에 배우의 꿈을 접을 수 밖에 없었다. 올데갈데없던 막내시동생은 어쩔 수 없이 군에 입대했고, 어머니를 제외한 가족들은 드디어 그가 올바른 사람이 될 기회가 왔다며 쌍수를 들어 환영했다.

시동생이 훈련을 마치고 휴가를 나왔을 때 우린 그의 늠름한 자태를 보고 한시름 놓을 수 있었다. 특수부대에 있다고 강조했지만 군 조직을 모르는 가족들은 귀담아들으려 하지 않았다.

그리고 얼마 후 시동생이 월남전에 파병됐다는 통보를

받았다. 어리석게도 우린 대한민국 군인이 위험한 전쟁 지역으로 내몰릴 거라고는 생각도 못하고 있었기 때문에 그가 월남에서 전투에 참가하고 있다는 명백한 사실을 아무도 인정하려 들지 않았다. 후방에서 보급품 정리나 할 거라는 근거 없는 믿음이 어디서 나왔는지는 모르겠지만, 우리를 그렇게 믿게 하는 수상한 뭔가가 있었다.

시동생이 전장에서 돌아와 풀어놓은 보따리에는 봉급을 모아 샀다는 소형 냉장고와 외제 물건이 다수 있었는데, 몽땅 남대문 시장에 내다 팔아 목돈을 만들어서 나에게 맡겼다. 시동생은 군인이 되기 전이나 후가 크게 달라 보이진 않았다. 그러나 말수가 줄고, 특히 월남에서의 일을 떠벌리지 않는 것이 조금 이상했다. 남은 휴가 동안 시골에 내려가서 어머니도 뵙고 친척도 만나는 등 바쁘게 돌아다닌 후 다시 부대로 돌아갔다.

그런데 이틀쯤 지나 군인 한 명이 집으로 찾아와 시동생을 찾았다. 우린 전후 사정을 듣기도 전에 가슴부터 철렁했다. 남편이 젊어 한때, 국민병 문제로 헌병과 경찰을 피해 다닌 전력이 있기 때문에 정복 군인만 보면 얼굴색부터 변한다. 그러나 군인이 찾아온 이유는 남편이 아닌 시동생 때문이었다. 시동생이 부대에 돌아오지 않았다고 했다. 부대원 왈, 시

사람과 사람들

동생을 도망병으로 간주하고 헌병대로 이첩하면 그만이지만 그동안 월남에서 고생한 것을 감안해 비공식적으로 찾아왔으니 3일 안에 동생을 찾아 귀대시키라는 당부였다.

　그날 밤 시동생이 살그머니 집으로 들어왔다. 형 앞에 무릎 꿇고 앉아 울먹이며, 자기는 더 이상 군생활을 할 수가 없으며, 자살 아니면 불명예 제대 두 길밖에 없다고 했다. 어쩌겠는가. 불명예 제대라도 해서 목숨을 부지하라고 권할 수밖에. 돌이켜보면 그날 밤, 한 사람의 운명이 정해진 셈이다. 하지만 우린 동생에 미래에 그런 끔찍한 일이 닥칠 거라고는 상상을 못하고 있었다. 수순대로 시동생은 도망병이 되고, 제 발로 걸어가 자수를 하고, 곧바로 영창에 수감됐다.

　몇 달 후 나는 안양교도소로 시동생의 면회를 갔다. 혼자 갈 용기가 없어 동네 친구를 대동해 찾아간 면회실은 작은 창문을 사이에 두고 마주 보는 구조였다. 영화에서 보아 익숙한데도 낯설고 긴장됐다. 시동생의 얼굴은 온통 상처투성이었다. 박박 민 머리통은 성한 곳이 한 군데도 없었다. 난 할 말을 잃었다. 시동생이 나를 보자 눈을 치떴다 내리떴다 이리저리 굴리며 손을 수화하듯 바쁘게 움직였다. 더 기가 막힌 것은 교도관을 눈짓하면서 내 말을 막는 것이었다. 교도관의 손에 끌려나가면서도 계속 눈짓을 보냈는데 난 알아차릴 수가 없었다. 면회를 다녀온 뒤, 함께 갔던 친구 남편에게서 들은 말은 나를 더욱 심란하게 했다. 도망병들은 각목으로 죽을 때까지 맞는다는 것이었다. 그냥 방치하면 시동생은 죽은 목숨이나 다름 없었다.

마침 친구 남편이 오랜 군생활 덕에 그쪽으로 인맥이 넓었다. 그의 도움으로 시동생을 안양교도소에서 형편이 나은 다른 지방 교도소로 옮길 수 있었고, 다행히 6개월 만에 풀려 나왔다. 몸이 회복되기까지 우리 집에서 지내는 동안, 인정 많은 친정엄마는 사돈 총각을 몹시 안타까워했고, 그냥 두면 안되겠다 싶었던지 당신이 운영하는 문방구로 데리고 갔다. 사돈총각이 기억력이 뛰어나고 셈도 빠른 데다 뭣보다 싹싹하고 부지런하다면서 침이 마르게 칭찬했다.

그러나 겨우 일주일을 못 넘기고 그 일도 끝이 났다. 갑자기 드러난 시동생의 이상행동에 심약한 내 어머니가 기겁을 한 것이다. 월남전에서 받은 스트레스와 안양교도소에서 받은 폭력 때문에 정신병으로 발전한 것 같았다.

어쩔 수 없이 막내 시동생은 집 떠난 지 5년 만에 다시 어머니 곁으로 되돌아갔다. 시어머니는 종종 서울에 올라와 막내의 근황을 들려주셨는데, 내 어줍잖은 의학 상식으로도 시동생의 증상은 정신분열에 가까웠다. 그나마 매사 긍정적

사람과 사람들

인 시어머니의 그늘이었기에 시동생은 가까스로 결혼을 했고 2남 1녀의 자식도 둘 수 있었다.

오랜만에 장례식장에서 만난 시동생의 아이들은 씩씩하고 예쁜 성인으로 자라 있었다. 피아노를 잘 친다던 조카딸은 시동생의 소원대로 콧날이 오똑하고 이마가 반듯했다. 갑자기 나타난 아버지의 형제들이 놀랍고 신기했던지 장례를 치른 뒤 그 애들은 우리집에 우루루 몰려왔다.

그동안 이해할 수 없었던 아버지의 행동을 몹시 증오했다는데, 아버지의 감춰진 사연을 듣고 난 뒤 큰아이는 서럽게 울었다. 나도 조카에게서 모르고 있던 얘기를 들었다. 어두운 방구석에 틀어박혀 헛소리만 하던 아버지가 1년 가까이 집을 나가 소식이 없었다는 것이다. 처음 있는 일도 아니라 모두 무심했는데, 연고 없는 어느 시골 지서에서 사망 소식을 보내왔단다.

가족의 사랑도 받지 못하고, 형제들의 보살핌도 없이, 평생 외로움 속에서 홀로 죽어간 시동생의 영혼을 위로하며, 늦게나마 사랑을 보낸다.

'막내 서방님! 좀만 기다리슈, 곧 만날 테니, 못다 한 얘기 그때 해봅시다.'

배우를 꿈꾸던 남자

젊은 날들

내 생활은 시간이 빠르게 흘러가는 것 말고는 나무랄 게 없다. 시간 내서 운동도 하고, 틈틈이 글도 쓴다. 하지만 내 집은 글쓰기에 마땅한 집은 아니다. 팬티 바람으로 소파에 널브러져 반쯤 졸고 있는 남편, 보는 이도 없는데 혼자 왕왕대는 TV, 식탁 위에서 뚜껑 열린 채 껌벅대며 조바심 내는 노트북.

빨래 거리를 세탁기에 던져 넣고, 노트북을 챙겨 집 앞 커피숍으로 간다. 창문 쪽 의자가 글쓰기에 좋다. 그런데 그 자리에 이미 커피 한 잔 시켜놓고 붙박여 앉아 컴퓨터와 씨름하는 젊은이가 있다. 하는 수 없이 글쓰기를 잠시 잊고 느긋하게 차를 마시기로 한다. 나이 들면서 커피 향을 못 맡은 지한참 됐지만, 잔 가까이 코를 대고 깊게 숨을 들이마신다. 문득 보니, 창을 향해 돌아앉은 젊은이의 널찍한 등이 까닭 없이 외로워 보인다.

열어보지도 못한 노트북을 다시 끼고 터덜터덜 집으로 올라온다. 날씨가 하도 청명해서 그냥 들어가기 아쉽다. 손바닥만 한 마당으로 나가 뒷짐을 쥐고 빙글빙글 돌다, 무심히 고개를 뒤로 꺾고 하늘을 올려다본다. 그런데 갑자기 가슴이 먹먹해진다. 파란 하늘엔 흰 머리카락 같은 구름이 살짝 내려앉아 있다.

방과 후에 미술실에서 입시 준비하는 친구들과 석고데생을 하고 늦게 교문을 나섰다. 누가 나를 따라온다고 알아챈 것은 친구들과 뿔뿔이 헤어져 혼자 걷고 있을 때였다. 등 뒤에서 들리는 발자국 소리가 잔뜩 조심스러웠다. 내가 걸음을 늦추거나 서두르면 그에 맞춰 일정한 거리로 따라왔다. 이윽고 뒤에서 남자의 목소리가 들렸다.

"잠깐만 만나주실래요?"
멈칫했다가 얼른 모른 척하고 다시 걷는다.
"잠깐만 만나주세요."
애원조의 목소리다. 나는 발걸음을 서두른다. 지나가는 사람들이 흘끔흘끔 보는 것 같다.

"저기요! 저기요!"

목소리가 집요하게 따라붙는다.

그때 다른 목소리가 나를 불러 세웠다.

"이거 봐, 학생!"

돌아다보니 웬 남자가 서 있었다. 그 남자는 내 뒤를 따라오던 남학생과 나를 불문곡직, 지척의 파출소로 끌고 갔다. 어이없게도 죄목은 풍기문란이었다.

1950년대는 학생들 머리 길이나 교복치마까지 줄자로 재고, 규율과 질서라는 잣대를 들이대며, 파출소로 사람들을 연행하는 것쯤은 예사였다. 그러나 그날 내 경우는 길 가다 물벼락 맞은 꼴이었다.

세 사람의 말은 조금씩 달랐다. 남학생의 말인즉슨, 평소 친해지고 싶었던 여학생이 지나가기에 잠깐 얘기를 하자고 말을 붙였다고 했다. 나는 코빼기도 본 적 없는 사람이 치근대며 따라왔다고 주장했고, 사복 경찰은 대로에서 남녀가 수작부리는 현장을 덮쳤을 뿐이라고 했다. 정복 경찰의 현명한 판단이 필요한 상황이었다. 붙잡혀 온 남학생이 어설프게 항의하다가 사복 경찰에게 따귀를 얻어맞는 동안, 난 정복 입은 형사 앞에 버티고 앉아 바락바락 소리를 질러댔다. 그 경황에도 따귀를 맞고 있는 학생을 곁눈으로 훔쳐보니 생김새는 멀쑥했다. 결국 사복 경찰의 사과를 받아내고 파출소를 나왔다.

그리고 울며불며 집에 들어서니 마침 아버지가 계셨고, 자초지종을 듣자마자 한달음에 파출소로 쫓아갔다.

"죄 없는 여학생을 함부로 붙잡아 들이다니, 이게 민주 경찰이냐?"

아버지는 파출소가 떠나가라 소리소리 지르고도 분을 풀지 못한 채 돌아오셨다.

그쯤에서 일을 마무리 지었으면 여름방학에 벌어진 해프닝쯤으로 기억되고 말았을 것이다. 그러나 나는 다음 날 저녁에 물어물어 그 친구 집을 찾아냈고, 대담하게 그 집 문을 두드렸다. 상처받은 자존심을 되찾고 싶었고, 내가 못되게 군 것도 사과하고 싶었다.

문을 열고 나온 사람은 그의 누나였다. 내가 전날 있었던 일을 설명하고 미안하다고 전해달래자, 그의 누나는 내 손을 잡고 놓지를 못했다. 그 아인 황해도에서 강원도 원주로 피난을 왔단다. 부모님은 원주에서 살고 삼대독자라는 이 친구 돌쟁이 아이 딸린 싱글 맘 누나와 제지 공장 앞 남의 집 사랑채에서 살고 있었다.

우린 대학 진학을 앞둔 고등학교 3학년이었다. 우리가 처한 환경은 연애감정이 싹트기에 너무 척박한 땅이었다. 그해 여름방학 내내 나는 미술실에서 친구들과 입시 준비를 했다. 아버지는 대학 등록금은 걱정 말라고 했지만, 나는 그 말을 믿을 만큼 철딱서니 없진 않았다. 무리해서라도 미술대학에 갈 것인지, 아니면 취업반에 들어가 주판알 튕기며 동생들 뒷바라지를 할 건지… 감당 못할 전후 현실은 내게 무겁고 우울한 시간을 안겼다. 네댓 달을 그렇게 흘려보낸 뒤 우리는 각자 다른 경로로 서울에 올라왔다.

난 서울에 올라와 있던 언니의 도움으로 미술대학에 들어갔고, 그 친군 대학을 포기하고 영화판에서 겉돈다는 풍문이 들렸다. 우린 서로 바쁘다는 핑계로 만나지 않았지만, 그의 누나와 내 언니는 환경이 서로 비슷하다는 이유로 단박에 친한 사이가 되었다. 아이 딸린 청상과부 팔자도 같았고, 부적절한 내연관계로 가족의 생계를 책임져야 하는 처지도 같았다. 언니의 연줄로 첩살이 하던 그의 누나는 청주 생활을 정리하고 우리가 살던 을지로 좁은 골목의 한 주택가로 이사를 왔다. 그랬음에도 친구와 나 사인 점점 소원해졌다.

어느 날 우연히 골목길에서 마주친 밤, 우린 남산으로 산책을 갔다. 둘 다 말이 없었다. 길을 벗어나 풀숲에 잠시 섰다. 내 눈에서 눈물이 걷잡을 수없이 흘러나왔다. 바닥에 주저앉아 꺼이꺼이 우는 나를 그 친구가 묵묵히 바라보았다. 결국 한 마디도 못하고 나는 그 친구 손에 이끌려 집으로 돌아왔다.

그날 밤 이후로 우리 사이는 더욱 멀어졌다. 언니의 삶을 진저리 치면서도 그 곁불을 쬐며 살아야 하는 내 처지를, 누나한테 얹혀사는 그의 모습에서 보고 싶지 않았다. 그도 마찬가지였을 것이다. 우린 의식적으로 서로를 피했다.

여름방학이 다가오자 난 주저 없이 부산으로 이사한 친구 집으로 내려갔다. 피난민 촌에 친구네 집은 산꼭대기 판잣집이었다. 지게를 지고 산 아래 동네에서 우물물을 길어다 빨래를 하며 한 달 동안 버티다가 결국 다시 언니 집으로 기어 들어왔다.

후줄근한 몰골로 2층 내방으로 올라가니 뜻밖의 사람이 거기 있었다. 그 친군 제 집인 양 편히 앉아 재봉틀을 돌리고 있었다. 남산에서 엉엉 울며 내려온 후 처음 보는 것이건만, 그는 매일 만났던 사람처럼 무심히 돌아보며 물었다.

"왔어?"

그는 앉은뱅이 재봉틀 앞에서 손을 털며 주춤거리더니 도로 앉아 바지폭 줄이는 일로 돌아갔다. 말없는 그의 넓은 등이 한없이 가엾고 쓸쓸해 보였다. 그가 주섬주섬 옷가지를 거둬 일어나 방을 나갈 때까지, 난 한쪽 구석에 우두커니 서 있었다.

"내가 줄여줄게. 저리 비켜봐."

그때 못해준 말이 이제야 생각난다. 알게 모르게 사람들은 서로 상처를 주고받는다.

그해 겨울 난 가난한 화가와 결혼을 했고, 그 친구는 군에 입대했다. 그리고 몇 달 후, 그 친구가 한강에서 훈련 중에 심장마비로 죽었다는 소식을 들었다. 산달이 가까웠던 나는 그저 덤덤하게 받아들였다. 그때는 그리도 인색했던 감정이 60년이 지난 지금 삶의 끝자락에 불쑥 다가와 가슴 한구석의 애잔한 그림자를 드리운다.

버드나무 아래 소년

영국에서 공부하고 있는 큰손녀가 남자친구와 찍은 셀카 사
진을 가족 카톡에 올렸다. 며칠 후 가족모임에서 손녀의 남
자친구 이야기가 단연 꽃이었다. 서로 얼굴들 보자마자 '경사
났네, 경사 났어'로 인사를 대신하며 웃었다.

우리 내외는 아들 둘 딸 하나를 두었다. 큰아들이 늦장
가가서 얻은 딸이 올해 스물아홉 살, 지금 영국에서 현대 미
술사를 공부하고 있다. 내 손녀라 하는 말이 아니고 심성이나
인물이나 빠질 게 없는데, 어찌된 셈인지 그 나이 되도록 한
명의 남자친구도 없었다.

큰아들 내외는 결혼 9년 만에 헤어졌다. 겨우 초등학교 3
학년이었던 손녀는 그때부터 제 어미와 떨어져 아빠와 단둘
이 살았다. 혹시 그래서 사회성이 부족한 것은 아닌가? 아니

면 남녀의 사랑을 경원시 하는 것은 아닌가? 난 별별 추측을
다 하면서 혼자 끌탕을 했었다. 그러나 어이없게도 사진 한
장에 모든 시름이 순식간에 날아가버린 것이다.

나이도 한 살 연하에 인물도 훤하고, 그나저나 제일 맘
에 드는 것은 내 손녀를 죽자 살자 좋아한다는 거다. 언어학
을 전공한다는 그 친구는 4개 국어를 빠삭하게 한다는군! 아
차! 내가 가장 중요한 것을 빼먹었네. 그 아인 집안 짱짱한 대
만 토박이외다.

내가 손녀 나이 때는 아이 셋 딸린 엄마였다. 누가 뒤에
서 붙잡기라도 하는 양 허둥지둥 결혼해버렸기 때문에, 이성
간에 애틋한 감정을 알 리 없었고, 사랑 타령 하는 사람을 보
면 콧방귀를 뀌었다.

그렇다 해도 가랑잎만 굴러도 깔깔대던 처녀 시절이 누
구에게나 있는 법, 피난지 시골 청주에서 고등학교 2학년 여
름방학 무렵, 연애박사 친구들 등쌀에 밀려 나도 남자친구를
사귀어볼까 하고 시도했던 적이 있었다.

남학생과 말만 섞어도 이상한 소문에 휘말리던 시절이라
언감생심 엄두도 못 냈었지만, 한번 생각이 머릿속에 자리 잡
자 호기심과 오기가 나날이 자라났다. 그러나 막상 결심은 섰

으되 마땅한 남학생이 있을 리 없었다. 한 학년 위는 나보다 등치가 커서 무섭고, 한 학년 아래는 코흘리개 같고… 그래서 괜한 모험은 접기로 하고 같은 학년 공업고등학교 미술반 반장 아이를 점찍었다. 그 아인 토건업을 하는 청주 토박이 김씨 가문에 맏이로 태어나 막중한 책임을 걸머지고 있었다. 가무잡잡한 얼굴에 커다란 눈망울이 선량해 보이는 착한 아이였으나, 매력이라고는 눈을 씻고 찾아봐도 없었다.

그러나 나보다 등치도 작고 소심해 보이는 데다가 우선 말을 튼 사이니 만만했다. 미술 전시회나 큰 행사가 있으면 각 고등학교 미술반 학생들이 모여 플래카드나 포스터를 그리곤 했는데, 그 애는 나보다 한 살 윈데도 내 앞에서 눈도 바로 못 떠 건방진 내가 이런저런 심부름을 시키곤 했다.

요즘은 청주도 많이 변했겠지만, 그때는 조치원에서 시내로 들어가는 도로가 봄이면 벚꽃으로 터널을 이뤘고, 시내 중앙을 휘감아 무심천이 흘렀다. 여름밤엔 남정네들이 벌거벗고 목욕을 하고, 낮에는 아낙네들이 빨래를 했다. 냇가에 빨래 삶는 솥에서 연기가 피어오르고 자갈밭에 널어놓은 이불 호청이 바람에 펄럭였다.

난 첫 미팅 장소로 이 무심천을 찍었다. 제과점도 있고 과수원도 있긴 했으나 쓸 돈이 없었다. 무심천 변을 따라 긴

남학생, 종이에 연필, 2021

둑을 걷다 보면 그 위 저수지로 이어지는데, 바로 그곳이 남녀가 즐겨 찾는 장소였다. 둑을 따라 드문드문 버드나무가 서 있고 바닥까지 늘어져 있는 버들가지는 은밀한 그늘을 만들어냈다.

내가 그 아이를 불러낸 날을 기억하긴 어렵지만, 방학이 끝날 무렵, 달이 기운 그믐이 확실하다. 추석 쇠려고 서울서 진즉 내려와 있던 언니의 옷 중에 감촉이 부드럽고 어깨 주름이 풍성한 잔잔한 꽃무늬 블라우스가 있었다. 난 교복 상의를 벗어 던지고 언니의 블라우스를 말없이 훔쳐 입고는, 내친김에 언니의 향수도 한 방울 뿌리고, 누가 볼세라 뒷문으로 나와 무심천 둑 버드나무 밑으로 달려가 그 아이를 기다렸다.

그날 밤이, 코를 베어 가도 모를 만큼 어두웠던 것을 계산하지 못한 나는 기껏 치장을 했어도 모두 물거품이 되고 말았다. 저녁을 거르고 나간 탓에 속은 쓰리고 익숙잖은 향수 냄새 때문에 속까지 울렁거렸다.

그 아인 만나자마자 무슨 일 있냐고 물었다. 난 평소의 의젓함은 온데간데없이 사라지고 조바심이 일었다. '이런 게 아닌데.'

"우리 물가로 내려갈까?" 내가 평소 권위적인 말투를 내려놓고 조신하게 말했다.

버드나무 아래 소년   259

"어? 어." 분위기를 좋게 하려던 것인데 되레 그 아인 겁먹은 듯했다. 잡초로 뒤엉킨 경사진 언덕을 캄캄한 밤에 무사히 내려갈 수 있었을까?

두어 발짝 내딛자마자 난 물색없이 외마디 비명을 지르며 두 다리를 번쩍 들어 올리고 미끄러져 내리 굴렀다. 허둥지둥 따라 내려온 나의 애인 후보는 더듬더듬 나를 일으켜 세웠다. 정신없이 난 말려 올라간 교복치마 쓸어내리기 바빴고, 그나마 캄캄한 밤에 만난 것을 감사해야했다. 그담엔 뭐 했냐고? 뭐 하긴, 쪽팔려서 집으로 와버렸지.

우린 좋은 친구로 남았다. 나와는 가끔 미술 전시회 오픈 파티에서 만났는데, 여전히 충청도 사투리로 존댓말과 반말을 어색하게 섞어가며 반가워했다. 서울대 조각과를 졸업하고 한동안 고생한단 소문이더니, 이대 교수로 자릴 잡았다. 결혼도 여학교 교사와 했고 장남의 의무를 착실히 해냈다.

그 친구는 몇 년 전에 세상을 떠났다. 죽기 전 우연히 서오릉 근처 식당에서 한번 본 적이 있다. 가족모임인 듯 일행이 많았다. 난 옆에 앉은 여자가 부인인 듯해서 인사를 했는데, 왠지 눈길도 안주고 불편한 기색이 역력했다. 그때는 무슨 영문인지 몰랐는데 이젠 알 것 같다.

사람과 사람들

우리 모두는 풋사과처럼 떫고 신 10대가 있었고, 그 기억
은 때때로 들고 일어나 아직도 살아있음을 일깨워준다. 비록
내세울 만한 연애는 못했어도 난 내 손녀한테 자랑하고 싶다.
할머닌 열일곱 살에 남자친구랑 버드나무 밑에서 굴렀다고….

우리 삼총사 ──────────────

해마다 큰집에서 열리던 추석 명절 행사가 올해로 중단 위기에 놓였다. 큰동서도 돌아가시고, 집안 대소사를 주관하던 큰조카 마저 암 투병 중이다. 그렇다고 그냥 지나칠 수 없어 산소라도 둘러보기로 했다.

일찍 서둘렀는데 예상시간보다 늦게 도착했다. 먼저 온 시동생네 다섯 식구가 납골묘 언저리에서 열심히 풀을 뽑고 있었다. 땡볕에 둘러앉아 조카 며느리가 장만해 온 떡을 먹고 서둘러 자리에서 일어나는데, 납골당 안에 걸린 큰동서의 사진이 발목을 잡는다. 하필 저렇게 늙고 추레한 모습의 사진이 걸려 있다니. 동서가 구십 평생 변변한 사진 한 장 못 남기고 허망한 인생을 산 것처럼 느껴져서 마음이 언짢았다.

사람과 사람들

나는 결혼하고도 8년 뒤, 시어머니 환갑잔치 때 큰동서를 처음 보았다. 내 남편과 안성초등학교 선후배 사이인 동서는 시아주버니 직장을 따라 충남 어디선가 살다가 어머니 환갑 직전에 안성으로 들어와 정착했다. 제가끔 저 살기 바빠 서로 왕래 없던 형제들이 시어머니 환갑을 계기로 다 같이 모여 그제야 수인사修人事를 하게 된 것이다.

큰동서는 맏며느리의 풍채와는 거리가 먼, 자그마한 키에 다부진 몸집을 한 피부가 까무잡잡한 여인이었다. 1960년대에는 너나없이 가난해서 남자건 여자건 넉넉한 풍채를 선호했는데, 그 기준으로 보면 결코 인물 좋은 축에는 들 수 없었다. 그러나 요즘 같으면 개성적인 외모라고 했을법한, 쌍거풀진 큰 눈과 코끝 들린 작은 코가 귀여운 그런 상이었다.

안성 집은 사랑채에 방이 여럿 있었는데, 바지런한 동서는 아이 다섯을 방 하나에 몰아넣고 남은 방에 하숙을 쳤다. 그녀는 어머니를 일찍 여의고 홀아비 품에서 컸어도 성품이 밝고 싹싹하고 똑똑했다. 그런데 그 귀여운 여인이 남편에게는 어찌 그리 홀대를 받았을까?

시아주버니는 일제 강점기에 명문 고등학교를 나와 집안 좋고 인물 예쁜 여자와 결혼했으나 줄줄이 시동생과 시누이 틈새에서 엄한 시부모의 시집살이가 힘들었던지 그만 새색시가 친정으로 도망을 갔단다. 부부 금실이 무척 좋았다는데 새신랑이 가만있었을 리가 있나, 그 후에 이러난 일은 추측만 무성할 뿐, 전후 사정을 꿰고 있을 시어머니가 아들 얘기라면 입을 꾹 닫아 걸었기 때문이다. 어쨌거나 시아버지가 나서서, 살림 잘하고, 부모 잘 모실 아가씨를 물색했고, '인물은 빠져도 싹수가 보였다'는 하급 공무원 아가씨가 간택되었다. 큰동서다.

장가를 두 번이나 간 허우대 크고 인물 훤한 시아주버니는 걸핏하면 만만한 동서에게 유세를 부렸다. 아이를 다섯이나 낳고, 없는 살림 알차게 꾸려나간 아내를 팽개치고 허구헌 날 밖으로 나돌며 바람을 피웠다. 첫 번째 부인이 집 나간 것을 부모 탓이라고 생각해 맏아들로서의 책임감도 내버린 지 오래였다.

그래도 동서는 제자리를 잘 지켰다. 오 남매를 키우며 살림 늘리는 재미로만 살았는데, 남편한테 무시는 당했지만 기죽어 살지는 않았다. 안성읍의 상권에까지 영향을 주는 계 모임의 '오야'로 계원들의 신임을 한 몸에 받으며 당당히 살았다. 그런데 문제는 손바닥만 한 고장에 쫙 깔린 계원들이 남

사람과 사람들

편의 행적을 일거수일투족 제보를 해댔다. 몰랐으면 모를까, 듣고도 모른 체하기는 어려운 법, 어느 날 참다못해 불륜 현장으로 처들어가니(시어머니가 몽둥이 들고 먼저 나섰다), 남편이 남의 집 사랑채에서 속옷 바람으로 떡하니 밥상을 받고 있더란다.

처음이 아니니 놀랄 것도 없었다. 동서가 정작 참을 수 없었던 것은 그 여자가 대폿집 주모라거나 아이가 주렁주렁 달린 과부라서가 아니었다. 동서가 똥물 같은 모멸감을 뒤집 어쓴 것은 그 여자가 자기보다 훨씬 못생겼다는 사실이었다. 두고두고 동서는 그 말을 했다. 그때 그 여자가 자기와 비교도 할 수 없게 예뻤다면 차라리 빨리 포기할 수 있어 마음이 편했을 것 같다고… 그렇게 씁쓸하게 되뇌던 동서의 얼굴이 잊혀지지 않는다.

결국 부부는 그 일을 계기로 죽는 날까지 별거했다. 동서가 안성을 떠나 서울에 정착해 동대문 시장에서 옷장사로 성공 가도를 달리는 동안, 아주버니는 시골 구석에서 제 버릇 남 못 주며 살다 폐암으로 세상을 떠났다. 죽음으로 갈라설 때까지 남편을 용서하지 못했지만 그래도 끝까지 이혼만은 하지 않았다. 동서는 한 가정의 능력 있는 가장으로 모자람이 없었고 박씨네로 시집온 여자 셋을 똘똘 뭉치게 하는 중심 역할을 해냈다.

1976년 5월, 우리 박씨네 세 여자들은 시어머니 칠순을 핑계로 난생처음 비행기를 타고 2박 3일 제주도 여행을 떠났다. 한창 기운이 넘쳤던 세 여자는 무릎 시원찮은 칠십 노모를 다독여가며 여행사에서 제공하는 온갖 스케줄을 따라 다녔다. 그러고도 기운이 남아돌아 저녁을 먹자마자 곯아떨어진 시어머니를 방에 홀로 남겨두고, 일탈의 마지막 밤을 화려하게 불태워보자며 몰래 호텔을 빠져나왔다. 그런데 막상 멍석이 깔리자 뭘 해야 좋을지 몰랐다. 바로 그때 코앞에 호텔 나이트클럽 간판이 현란한 조명으로 번쩍거렸다. 집구석에서 벗어나본 일 없던 나와 아랫동서는 감히 엄두를 내지 못하고 있는데, 큰동서가 우리 손을 덥석 잡더니 위태로운 지하로 끌고 내려갔다.

전면에 무대를 갖춘 나이트클럽은 생각보다 밝고 환했다. 식탁과 의자가 빽빽히 들어선 홀의 틈 사이로 젊은 웨이터들이 바쁘게 움직였다. 테이블에 앉으니 기본 자리 값인지 주문도 하기 전에 맥주와 마른 안주가 나왔다. 나와 아랫동서는 염탐꾼처럼 사방을 힐끔거리며 촌티를 팍팍 내는데, 큰동서는 우리와 달리 물 만난 고기처럼 활기가 넘쳤다. 드디어 춤

사람과 사람들

방에서 배운 춤 실력을 자랑할 기회가 왔다며 의욕을 불태웠다. 아무리 성공했어도 결코 메워지지 않을 빈자리를 알기에 우리는 형님이 그렇게라도 신바람이 나기를 부추겼다. 말탄 왕자님이 나타나 형님을 번쩍 안고 무대로 데려가면 '완전 자신 있다'는 트로트를 한바탕 출 수 있을 터였다. 그렇게 하염없이 기다리던 중 마침내 웨이터가 다가왔다. 저쪽에 앉아 있는 신사분이 춤을 신청한다고. 그런데 그게 하필 춤출 줄 모르는 나란다. 나는 형님 보기가 민망해 몸둘 바를 몰랐다. 아랫동서가 얼른 "늙은이들 상대해봐야 우리만 망신"이라며 얼렁뚱땅 형님을 모시고 그곳을 빠져나왔다. 방에 돌아오니 시어머니는 여전히 세상 모르고 주무시고 계셨다.

지금 생각해보면 그 일은 불발로 끝나지 말았어야 했다. 그때 내가 큰동서를 위해 파트너를 적극적으로 찾아봐주었더라면 어땠을까? 평생의 단 한 번일지 모르는 일탈을 어떻게든 화려하게 채워주었다면 형님의 마지막 모습도 조금은 달라졌을까?

시어머니의 환갑잔치를 치르던 때가 형님의 생애에서 가장 눈부시게 아름다웠던 시기였으리라. 마당에 돗자리 깔고, 차양이 쳐지고, 잔칫상이 펼쳐진다. 막걸리도 담고, 엿도 고

우리 삼총사

고, 달달한 식혜와 인절미, 갖가지 전 부치는 냄새가 온 동네
에 퍼진다. 일가친척 모두 모여 맏며느리 칭찬 일색인 중에 큰
동서가 발갛게 상기된 얼굴에 까만 눈을 반짝이며 잔치를 돕
는 계원들을 진두지휘한다. 어제인듯 선명하게 떠오르는 그
모습으로 마뜩치 았던 형님의 영정사진을 대신한다.

그녀도 알았으려나, 자신이 누구보다 아름답고 단단하고
빛나던 여인이었던 것을.

사람과 사람들

얌전한 고양이

낼모레가 환갑인 큰아들이 오토바이를 타다 사고를 쳤다.

마침 의논할 거리도 있고 며느리 생일도 다가와, 함께 저녁이나 먹자고 전화를 했더니, 며느리가 풀 죽은 목소리로 아들이 병원에 입원해 있다는 것이다. 시내에서 오토바이 타다 뭔가를 들이받고 튕겨져나와 쇄골이 부서졌단다.

다행히 수술이 잘 끝나 아픈 데는 없고, 오히려 틀어져 있던 엉덩이가 제자리로 돌아와 허리가 가뿐해졌다고 아들이 수화기 너머로 너스레를 떤다. 부모 걱정 안 시킨다고 입 다무는 자식이라니… 내가 전화하지 않았으면 까맣게 모르고 지나갈 뻔했잖은가?

큰아들은 특별히 속썩이는 바 없이 조용히 컸다. 전당포에 대책없이 맡긴 카메라를 내가 찾아준 일이 두어 번 있었던 걸 제외하면, 엄마라고 내가 나서서 관여할 일을 만들지 않았다. 시간을 허투루 쓰는 법도 없고, 성실하게 남들 하는 대로 정식 코스를 다 밟았다. 대학에서 대학원으로, 방위 근무하며 미술학원에서의 용돈 벌이까지 제가 다 알아서 했고, 지방 전문대부터 전임강사로 차근차근 스펙을 쌓아 대학원 졸업 후 4년 뒤에 강원대학의 교수가 되었다.

요즘은 서울에서 춘천까지 차로 한 시간 반이면 충분하지만, 고속도로가 생기기 전에는 그곳까지의 왕복 출퇴근에 낭비하는 시간이 만만치 않았다. 그런데도 아들은 자그마치 30년 동안 일주일에 두 번씩 승용차로 춘천을 오갔다. 그런데 그토록 성실하게 몸담았던 직장을 정년 5년을 남겨놓고 돌연 퇴직해버렸다. 몇 년 전부터 학교를 그만두고 싶다고 자주 말을 흘리더니, 올 겨울 드디어 실행에 옮긴 것이다. 아들의 깊은 속뜻은 알 수 없지만, 어찌됐건, 먼 길을 오가지 않게 된 것만은 다행한 일이었다. 교수직에 매여 미뤄둔 자신의 로망을 찾아 제2의 인생을 살겠다는데, 그걸 말릴 부모가 어디 있겠나.

스무 살에 일찍 결혼한 나는 부모가 될 마음의 준비도

제대로 못한 상태에서 얼결에 첫아들을 낳았다. 큰아들이 겨우 백일을 넘겼을 무렵 또 아기가 들어섰고, 6개월 후 길에서 자연유산이 되는 바람에 병원에 실려 갔다. 회복실에서 마취가 깨자마자 집에 혼자 있을 아들 걱정으로 서둘러 집으로 돌아왔다. 누구의 도움도 없이 가난 속에서 미숙한 엄마 노릇을 할 수밖에 없었다.

아들의 돌이 가까워질 무렵, 우리는 기한이 다 된 신설동 셋집에서 종로 5가 대로의 6층 건물로 이사했다. 그곳에는 방과 부엌 외에 제법 넓은 사무실이 붙어 있어서 우리는 건물 입구에 간판을 붙이고 미대 지망생들을 받기 시작했다. 교통도 좋고 남편의 인지도도 있었건만 정작 학생들은 몇 명 오지 않았다. 과외 학원비를 부담 없이 내줄 부유층이 우리 네트워크에 있을 리 만무하니, 마땅히 비빌 언덕이 없었다.

나는 아이를 업고 엘리베이터가 없는 그 건물을 6층까지 하루에도 수십번 오르내렸다. 제 또래가 없어 늘 혼자 놀던 아들은 석고 데생 하는 학생들의 다리 사이로 기어다니며 바닥에 흘린 목탄 부스러기를 주워 먹고 놀았다. 그곳 부엌에는 상하수도만 설치되어 있었고, 이사할 때마다 끌고 다닌 찬장이 시설의 전부여서, 음식을 조리하려면 방구들 깊숙히 밀어 넣는 레일식 연탄난로를 꺼내 써야 했다. 부엌과 방 사이에 1

미터 깊이로 파인 좁은 직사각형의 구멍이 있어 온돌을 덥히는 연탄난로가 거기서 들락날락했다.

어느 날 순하고 착해서 혼자서도 잘 놀던 돌쟁이 아들이 엄마를 찾아 부엌으로 기어 들어와 난로가 있는 구멍으로 곤두박질쳐 버렸다. 끓고 있던 냄비에 찌개 국물이 아이 다리에 쏟아졌다. 아이와 나는 동시에 비명을 질렀고, 경황 중에도 화상에는 간장을 바르라는 민간요법이 생각나 꼬맹이 다리에 간장을 끼얹은 다음 허둥지둥 애를 들쳐업고 병원으로 내달렸다. 아이 다리에서 퀴퀴한 냄새가 풍기자 의사가 나를 한심한 눈으로 쳐다보고는 알콜로 다리에 묻은 간장을 닦아낸뒤 부풀어 오른 어린 피부를 과감히 벗겨냈다. 아이가 자지러지게 울었다. 그 끔찍한 화상은 다행히 아들 종아리에 가벼운 흉터만을 남겼다.

아들은 늘 육신이 고달팠다.

중학교 추첨에서도 하필 집에서 멀리 떨어진 곳에 배정되어, 3년 내내 무거운 책가방을 들고 걸어 다녔다. 고등학교 진학할 때는 좋은 학교 들어가려고 지역 학교 대신 공동학군을 선택했더니, 이번에는 또 턱없이 먼 장충고등학교에 배정받아 교통체증으로 악명 높은 청계천 노선을 아침저녁 짐짝

사람과 사람들

처럼 버스에 실려 3년을 통학했다. 당연히 아들 이름 앞에는 '지각대장'이라는 애칭이 붙었다.

그래도 이쯤에서 아들 자랑을 조금 해보자면, 그 와중에도 녀석은 소리없이 유도며 태권도며 택견까지 배워, 어느 날 쌍절곤을 휘두르며 홍콩 배우 이소룡을 그럴듯하게 흉내내기 시작했다. 장충고등학교 역사 이래 서울대에 합격한 최초의 인물로 등극한 아들은 그 여세를 몰아, 이소룡이 영화에서 입었던 샛노란 원피스 무술복을 주문 제작해 입고 관악캠퍼스를 내집처럼 누볐다. 게다가 장발을 휘날리며 영화 〈토요일밤의 열기〉의 존 트라볼타를 무색하게한 춤 솜씨를 보였는데, 친구들 사이에서는 '디스코 박'으로 통한다. '얌전한 고양이 부뚜막에 먼저 오른다'는 말이 왜 생겼겠나.

하긴 엉뚱한 짓을 내색도 안하고 잘하는 편이긴 하다. 지붕에 올라가 다이빙한다고 마당의 연못으로 뛰어내리지를 않나, 어린 동생 앉혀놓고 본 적도 없는 영화를 본 것처럼 꾸며내 지금까지도 막내는 오라비를 스토리텔링의 달인으로 기억하고 있다. '디스코 박'이라는 별명이 무색하게, 클래식 음악도 좋아해서 몇 만 장에 이르는 LP판을 가진 수집가이기도 하다. 어쨌든 지금은 오래 다닌 선원에서, 법사에, 기치료사에, 죽염 전문가로 알려져 있고, 정통 중국 무술의 권위자로도 정평이 나 있다.

그런 큰아들이 오토바이를 탔던 것이다. 요즘은 웬만하면 운동 삼아 골프를 치는데, 우리집 남자들은 골프와는 거리가 멀다. 애들 아버지야 술 마시고 그림 그릴 시간도 부족했다니 그럴 여력이 없었다 치고, 아들 둘은 사정이 다른데도 골프가 성향에 안 맞는다나 뭐라나, 위험한 오토바이에 목숨 건 것도 모자라 사생결단하고 바람을 가르며 전국을 내 집인 양 헤집고 다닌다.

그래도 오토바이를 스포츠로 아는 둘째와 달리 큰아들은 교통수단으로만 이용하니 걱정 말라고 나를 안심시킨다. 그런데 서울 외곽을 달리는 것보다 복잡한 시내가 더 위험한 것 아닌가?

어쨌든 오토바이를 집에 들인 순간부터 큰아들은 알게 모르게 꾸준히 사고를 쳐서 갈비뼈도 부러지고, 종아리 인대도 끊어졌으며, 에미도 못해본 무릎 수술을 두 번이나 했다. 지난번에는 엄지손가락을 작살냈는데, 얼치기 의사를 만나 수술을 잘못하는 바람에 애석하게도 장애인이 되고 말았다. 내 심장이 남보다 좀 크기에 망정이지, 콩알만 했으면 여지껏 버텨냈을까? 참고로, 내 심장은 부정맥으로 인해 남보다 좀 크다.

사람과 사람들

내 어머니

결혼식 날 폐백 드리면서 처음 시어머니를 보았다. 결혼 후 석 달 만에 큰 아이를 임신해 입덧으로 고생하자 어머니가 신접살림 셋방으로 깻잎장아찌랑 된장을 싸 들고 안성에서 올라오셨다.

"아가! 니 신랑이 지 아버질 닮아 성질이 지랄 같으니, 니가 잘 참고 살아줘라."

어머니가 내려가면서 당부하신 말이다. 어머니는 인물이 훤하셨고 입담은 화려했다. 아무리 고달프고 서러운 이야기도 당신 입을 거치면 구수하고 정겨운 만담으로 거듭났다.

"열여덟 살에 신랑 얼굴도 못 보고 시집이라고 왔는데, 하루 자고 났더니 사립문 밖에 웬 아이 둘이 서 있지 않겠니?"

"그래서요?"

"다 큰 여자애랑 남자애가 니 시아버지를 보구 '아버지!' 하고 달려들어서 내가 기함을 했지."

"어머머."

수없이 들은 얘기지만 시침 뚝 떼고 추임새를 넣어드린다. 내 어머니는 열여덟의 몸으로 자신과 서너 살밖에 차이 안 나는 딸 아들을 둔 나이 많은 남자에게 시집을 왔다. 아내를 일찍 보내고 홀로 딸들을 키운 친정 아버지는 위로 딸 둘까지 단명하자 남은 딸은 후처 자리로 시집 보내라는 점쟁이 말을 믿고 늙은 사위를 들였다. 시아버지는, 1950년 12월 한창 전쟁 중에 상가 집에서 드신 음식에 체해 돌아가셨다.

어머니는 지아비 흉을 볼 때 제일 신나 하셨다.

"니 시아버지는 성질이 불꼬챙이 같아서 집으로 사람들이 과일 상자나 고기 근이 라도 들여보내면 벼락같이 야단쳐서 쫓아냈지. 한번은 내가 고기를 몰래 받아서 국을 끓였는데 저녁 먹는 밥상머리에서 애들이 먹고 있는 밥상을 뒤엎었단다."

어머니는 아들 딸 칠 남매를 낳으셨는데 둘째 아들은 세 살 되던 해에 폐렴으로 잃으셨단다.

"내가 철이 없어서 재롱둥이 둘째를 죽였지."

어머니는 가슴에 혼자 묻어두었던 비밀을 내게 털어놓으셨다. 정월 대보름, 동네 여인네들이 모여 윷놀이하는 곳에 가고 싶어 몸이 달았던 어머니는 낮잠 든 아들을 빈집에 혼자 두고 집을 나섰다. 잠시만 놀다 온다던 것이 해가 뉘엿뉘엿 넘어갈 때까지 정신을 놓고 있었는데, 이웃 아낙네가 헐레벌떡 쫓아와 집안에서 아이 우는 소리가 들린다고 했다. 그제야 집에 두고 온 잠든 아들 생각이 났다. 한걸음에 달려가 밖에서 잠근 문을 따고 뛰어드니 아이가 추운 마당에서 얼마나 울며 뛰어다녔는지 어미 품에 뛰어들자마자 기진해 쓰러졌다. 밤에 열이 펄펄 끓었지만 어머니는 애 놔두고 윷놀이 간 게 탄로 날까 봐 두려워 숨죽이고 있었다. 뒤늦게 병원을 찾았지만 아기는 폐렴으로 어미 품을 떠나고 말았다.

그해에 낳은 셋째 아들이 내 남편이고, 3년 터울로 딸 아들을 줄줄이 네 명 더 낳았다. 막내가 세 살 때 6.25전쟁이 났고, 그해에 시아버지가 돌아가셨으니, 전쟁 통에 어머니가 홀로 겪었을 시련은 짐작 가능하다. 위로 두 아들은 저 살기 바빠서 동생들을 돌보지 못했다. 시골에 집 한 채 있던 것은 셋째 아들 대학 보내느라 팔아 올렸고, 고생이라고는 해본 적 없는 어머니는 달리 돈을 벌 재간이 없었다.

어머니는 경북 지방에서는 꽤 알려진 남고약집 따님이었다. 다행히 어깨 너머로 배운 기술이 있어 고약을 만들어 시골 벽지를 돌며 팔았다. 진맥도 짚고 침도 놓고 뜸도 떴다. 곁들여 해열제나 구충제도 썼다. 우리는 어머니를 '돌팔이 의사'라고 놀렸다.

훗날 어머니가 서울 자식 집으로 들어오신 것은 당신이 원했기 때문이 아니었다. 남달리 독립심이 강하고 고집이 센 어머닌 무릎이 아파 절뚝거리면서도 고속버스로 시골과 서울을 오르내리셨다. 영화배우 된다고 똑똑한 머리를 엉뚱한 곳으로 내굴리던 막내 시동생은 마땅한 직업 없이 어머니 집에 더부살이를 하고 있었다. 아직 우리가 합정동 살 땐데, 어느 날 밖이 시끄러워 나가 보니 어머니가 보따리와 함께 대문 앞에 버려져 있었다. 막내 시동생은 말도 없이 사라지고 없었다. 행동거지가 괘씸하긴 했지만, 그렇게라도 안 했으면 어머니는 시골을 떠나지 못했을 것이다.

어머니는 남달랐다. 집구석에 틀어박혀 잔소리하는 대신 아침 드시면 부지런히 분단장하고 집을 나가 동네 초입에 있던 시장통에서 하루를 소일했다. 시장에 나타나면 가게마다 서로 모셔가려 한다고 은근히 자랑까지 했다. 그때 어머니는 80세였다.

그러던 어머니가 느닷없이 이상한 짓을 하기 시작한 것은 우리가 동교동 집으로 이사하고 얼마 안 되어서였다. 장위동에 사는 큰집 동서가 뒤늦게 교회에 나가기 시작했다는 소식 들은 지 얼마 안 된 어느 날, 불문곡직 들이닥친 동서가 어머니를 모셔갔다. 짐작건대 어머니를 안 모신 것이 죄스러웠던 모양이다.

동서는 동대문 시장에서 옷 장사를 했다. 옷 공장에서, 동대문 매장으로, 쳇바퀴 돌 듯 정신없이 바빴다. 사정이 그러하다 보니 어머닌 그 큰 집에서 늘 혼자셨다. 더구나 무릎이 아파 문 밖 거동도 못하고 이야기 상대가 없으니 늘 혼자 중얼거리는 게 일상이 됐다.

모셔간 지 6개월쯤 지나서였나? 새벽에 전화가 왔다. 어머니가 밖으로 나가 헛소리를 외쳐댄다는 것이었다. 그날이 마침 휴일이라 큰동서가 집에 있어서 큰 사고 없이 병원에 입원을 할 수 있었다. 어머니는 노인성 정신질환이라는 진단을 받고 한동안 치료를 받았지만 차도가 없었다. 어쩔 수 없이 병원에서 퇴원한 어머니를 우리 집으로 모셔왔다.

어머니는 점점 난폭해졌다. 인자하고 후덕했던 모습은 찾아볼 수 없었다. 그즈음 우리는, 큰아들은 대학원생, 둘째

시어머니, 종이에 연필, 2021

는 대학생에, 막내는 고3이었다. 남편은 대학에서 학장직을
맡았고 학생들은 밤낮으로 데모를 해댔다. 어머니까지 밤에
잠을 안 주무시고 앉은뱅이 걸음으로 돌아다니며 지팡이로
방문을 두드려댔다.

날이 밝으면 일찌감치 옷 보따리를 챙겨 들고 대문밖에
나 앉아 예수님이 보냈다는 꽃가마를 기다렸다. 나는 그런 어
머니를 위해 숫제 돗자리며 담요며 살림살이를 밖에 내드렸
다. 어머니의 밥상도 밖으로 나갔다. 나는 꼼짝없이 어머니에
게 매달려 생활 자체가 무너져버렸다.

어쩔 수 없이 어머니는 자식들한테서 쫓겨나 요양원 병
상에서 10년을 버티셨다. 훤했던 인물도 쭈그러들고 화려한
입담도 사라졌다. 그래도 여전히 나는 알아보고, 내가 모는
차에 타면 기분이 좋으신지 노랫가락을 흥얼거리셨다. 가끔
나를 빤히 바라보시다가 빙그레 웃으셨는데, 그럴 때면 '내가
어머니한테 속고 있나?' 의심이 들기도 했다. 잠시 정신이 돌
아오면 내 옷에 붙은 보푸라기를 떼내시기도 했다. 강산도 변
한다는 그 10년 동안 아들들은 문병을 안 갔다. 어머니도 아
들을 잊었는지 찾지 않았다. 눈에서 멀어지면 마음도 멀어지
는가 보다.

어머니 돌아가신 지 25년이 됐다. 요즘의 나는 어머니와

힘겨루던 기억은 까무룩하게 잊고 포니 2에 어머니를 태우고 나들이 다니던 즐거운 기억만 떠오른다. 나이 탓인가 보다.

　　　　　　　　　　　　　　　　사람과 사람들

친구 K

작년 여름, 남편 따라 물방울 작가로 알려진 김창열 화백의 제주도립미술관 오픈 행사에 갔다. 아직 마무리 공사 중인 정원에 많은 사람들이 운집해 있었고, 그들의 머리위로 뙤약볕이 내려 쪼이고 있었다. 관계 인사들의 지루한 축사가 이어지고, 차례가 오자 젊은 스텝들의 부축을 받으며 남편이 위태롭게 연단에 올랐다. 미리 적어간 쪽지에 글을 더듬더듬 읽어가던 남편이 맨 앞에 앉아 있던 김화백을 향해 느닷없이 '창열아! 너 내 목소리 들리니?' 하고 소리를 질렀다. 모두들 와 웃었다. 김 화백은 들었는지 못 들었는지 그저 빙그레 웃었다.

김창열 화백은 몇 남지 않은 남편의 오랜 친구다.

1958년 12월 28일, 그는 우리의 신혼여행지 온양까지 따라와 2박 3일을 함께 지냈다. 명분은 보디가드였다.

남편은 6.25전쟁 때 학도병으로 복무한 전력은 있지만, 나라에서 인정해주기 전이라 언제라도 검문검색에 걸리면 그 자리에서 군대로 끌려갈 형편이었다. 신부가 첫날밤도 치르지 못하고 홀로 남겨지는 것을 막기 위해, 궁여지책으로 경찰 배지를 단 친구가 신혼여행에 동행한 것이었다.

젊은 시절에 그의 직업이 경찰이었다는 것을 아는 사람은 아마 그리 흔치 않을 것이다. 그의 성향으로 보건데 좀 엉뚱하긴 하나, 워낙 먹고 살기에 급급하던 시절이라 화가에게 직업이 있다는 것은 대단한 부러움의 대상이었다.

우린 결혼하고 한동안 일정한 벌이 없이 궁색하게 살았는데, 김화백은 우리가 살았나 죽었나 간간이 보러 왔다. 애정이 담긴 작고 반짝이는 눈으로 우리를 빤히 바라보던 눈길을 지금도 생생이 기억한다.

김창열 화백은 우리보다 좀 늦게, 예쁘고 똑똑한 그림 그리는 후배와 열애 끝에 결혼했다. 그리고 딸을 낳았다. 겉보기에는 잘 사는 것 같았지만 실은 그러지를 못했던 것 같다. 워낙 조용하고 과묵한 성격이라 설혹 결혼생활에 문제가 있

사람과 사람들

김창열과 박서보. 종이에 연필, 2021

어도 밖으로 드러내놓기가 쉽지 않았으리라. 술자리에서 슬쩍 내비치는 그간의 사정은 친구가 도와줘서 해결될 수 있는 문제가 아니었다. 그저 술이나 마시며 하소연 들어주는 것 외에 달리 해줄 것이 없었다. 더욱이 그의 부인은 홍익대 미대 후배였고 당신이 친구에게 소개해준 장본인이니, 마땅한 해결책을 찾기 힘들었을 것이다. 사랑이나 신의로 극복될 문제도 아니었다.

그로부터 얼마 후 김 화백은 힘들었던 결혼생활을 정리하고 미국으로 떠났다. 까마득한 50여 년 전 얘기다.

미국에서 파리로 이주한 후 재혼한 지금의 부인과 아들 둘을 낳았다. 눈빛만 다를 뿐, 한국 여자보다 더 동양적인 그의 부인을 볼 때마다 나는 그녀가 너무나 사랑스럽게 느껴진다. 언제나 남편 뒤, 두어 발짝 떨어진 곳에서 깊고 그윽한 눈으로 남편을 지켜보는 그녀를 보면, 나도 모르는 새에 미소를 짓게 된다.

제주도립미술관 정원, 쏟아지는 뙤약볕 아래 백발의 김창열 화백이 앉아 있다. 귀가 잘 안 들리니 말수는 더 줄어들었고, 손의 떨림은 너무 심해 마치 팔을 흔드는 것 같다. 그럼에도 여전히 가만히 상대방을 응시하는 그다운 모습은 그의

사람과 사람들

작은 눈빛에 남아 있다.

'네놈이 아직 살아있구나.' 남편을 바라보는 눈이 그렇게 말하는 듯하다. 아니 어쩌면 무표정한 얼굴처럼 아무 생각도 없을지 모른다. 모든 기억은 가뭇하게 사라지고 그 자리에 투명한 물방울만 남아 있는지도….

친구

요즘은 초저녁만 되면 잠이 쏟아진다. 그런 날은 영락없이 꼭 두새벽에 눈이 떠진다. 나이가 들면서 생긴 버릇이다.

젊어서는 깨기 무섭게 벌떡 일어났는데 지금은 가만히 누워 천천히 의식이 돌아오기를 기다린다. 어쩌다 달콤한 꿈이라도 꾼 날은 죽은 듯이 꿈쩍도 안 한다. 그런다고 꿈이 연장된 적은 없다.

나이 들면서 생긴 버릇은 또 있다. 한 가지 생각이 머릿속에 뜨면 곱씹고, 또 곱씹고 그 생각에서 헤어나기가 어렵다. 아침에 무심히 TV에서 보거나 들었을 노래를 그날이 다 가도록, 자기 전까지 그놈의 멜로디가 머릿속에서 맴돈다. 나에게 강박증 있음을 인정하기보다 자각을 못해 일어나는 현상이라고 스스로를 두둔한다.

사람과 사람들

오늘 새벽에 발레리나 강수진의 꿈을 꾸었다. 며칠 전 TV 에서 무슨 냉장고 속을 뒤져 요리하는 프로에서 그녀를 보았 다. 그전에도 어느 방송사에서 강수진의 인터뷰를 다룬 적이 있었다. 그것을 보면서 비로소 나는, 사람이 아름답다는 게 저런 것이구나 감동했다. 지금도 보면 난 여전히 그녀의 매력 에 흠뻑 빠진다. 이제까지 본 여자 중에 강수진이 단연 으뜸 이다.

1990년 후반경이었을 것이다. 남편 개인전이었는지 하여 튼 어느 미술 전시회에서 이미 고인이 된 구본웅 화백의 따님 을 소개받게 되었다. 그 자리에서 발레리나 강수진이 그녀의 조카라는 사실을 알게 됐는데, 뜻밖에도 더 놀라운 사실은 국민학교 때 가장 좋아했던 내 친구의 근황을 그녀에게서 들 을 수 있었던 것이다. 내 어린 시절 단짝 친구 구정모가 그녀 의 큰언니라고 했다. 중학교 미술시간에 근대 미술사를 공부 하다가 구본웅의 작품과 인물 사진을 본 후로, 혹시 나의 국 민학교 단짝 친구 구정모가 그의 딸이 아닌가 추측한 적이 있 긴 했다. 지금 같으면 마음만 먹으면 찾을 수 있었겠지만 그땐 6.25 북새통을 겪은 후라 친구를 찾아내는 일은 턱도 없었다.

우리 가족은 일제 강점 막바지에 강원도 영월로 피난을

갔었다. 그러다 1945년 8.15광복 후 서울로 다시 돌아와 원효로에 일본 사람들이 살다 버리고 간 적산가옥으로 들어갔다. 난 굴다리 너머에 있는 당시 남정국민학교 1학년으로 편입을 했고 구정모와는 2학년 때 같은 반 친구로 만났다. 그때로부터 70년이나 흐른 지금, 며칠 집 비웠다 돌아오면 비밀번호 생각이 안나 현관에서 우물쭈물 하는 주제에 가당찮게 까맣게 먼 어린 시절 친구 모습을 기억해내다니 정말 알 수 없는 일이다.

내 친구는 나보다 키가 작았다. 단발머리 애들 틈에서 유독 그 아이는 상고머리를 했고 짱구였다. 지금 생각해보면 어떤 일로 둘이 가까워졌는지 기억되는 바 없지만 아마도 새침데기라 좋아했던 것 같다. 혹시 미술시간에 그린 그림이 나란히 뒷벽에 걸린 것도 이유가 되려나? 아니면 아빠가 그렸다고 자랑하며 보여준 만화책 때문인가? 아무튼 나는 그 친구를 몹시 좋아했다. 그러다 4학년 때 우리 집은 원효로를 떠났고 그때까지 내가 친구에게 쏟는 마음은 한결같았다. 그러니 내가 그 친구 동생을 우연히 만났을 때 기분이 어땠겠나?

발레리나 강수진의 엄마가 셋째 딸이라든가? 여자 형제가 많은 집안 같았다. 내가 그 자리에서 친구에게 전화를 한

사람과 사람들

다 해도 크게 결례되는 일은 아니었지만 내 소심함이 전화를 못하게 나를 붙잡았다. 누가 알랴? 전화통에서 "누구요? 기억이 없는데요"라는 퉁명스런 소리를 듣고 난처해질지? 그래서 난 친구 동생에게 내 전화번호를 주면서 간곡히 부탁을 했다. 언니 만나면 어렸을 때 친구 아무개가 언니 전화를 기다린다고 꼭 좀 전해달라고. 전화가 금방 올 거라곤 기대하지 않았지만, 한동안 소식 없어 잊고 있었는데 어느 날 내 전화번호를 가져간 친구 동생한테서 전화가 왔다. "언니! 연락 늦어 죄송해요. 언니가요! 뭘 새삼스럽게 전화하냐고 하네요." 내가 할 말을 못 찾고 꾸물대니까 동생이 아주 난처한 목소리로 다시 말했다. "언니가요! 아주 좋은 추억으로 간직하고 있다고 하셔요." 순간 내 가슴속에서 따뜻한 웃음이 쿡 비집고 올라왔다. '그렇지 구정모! 확실히 내 친구 맞네.' 친구의 새침한 얼굴이 선명하게 떠올랐다.

그 시절은 웬만한 거리는 걸어 다녀야 했다. 마땅한 교통수단이 없었기 때문이다. 청량리에서 마포 종점까지 전차가 다녔고 말이 끄는 마차가 있었던 걸로 기억한다. 당연히 집과 학교를 오가려면 걸어 다녀야 했는데 친구네 집은 아이들이 걸어 다닐 수 있는 거리가 아니었던 것 같다. 어느 날 학교 끝나고 우리보다 일찍 끝난, 아마 연년생이었을 동생을 데리고 우리 셋은 만화 가게를 연신 기웃거리며 걷고 있었다.

그런데 굴다리 못 미처 어디쯤에서 갑자기 뒷전에서 따라오던 동생이 울음을 터뜨렸다. 마차 삯인지 전차표 살 돈인지를 잃어버렸다는 것이다. 친구가 바른대로 말하라고 동생을 윽박질렀다. 그 서슬에 울음을 그친 동생이 그 돈으로 사탕을 사먹었다고 실토했다. 그때로부터 까마득한 세월이 흘렀는데도 새파랗게 질려 파르르 떨던 친구의 얼굴이 아직도 생각난다. 더 나빠졌던 상황은 내가 집에 들러 돈을 가져온다 했던지, 하여튼 내 딴엔 궁지에 몰린 친구를 도우려 했는데 친구는 그야말로 일언지하에 "싫어!" 하며 말을 잘랐다. 그리고 제 동생을 낚아채 끌고 컴컴한 굴다리 안으로 달려가 버렸다. 나는 문전 박대를 당한 기분이었다. 그러나 그보다 터덜터덜 집까지 힘겹게 걸어갈 친구가 더 걱정되었다.

동생한테 듣기로는 형부가 군인이라 최전방 가까이 강원도에서 주로 많이 산다고 했다. 군인 남편은 좀 의외였다. 같은 서울에 살면서 전화하기 싫다고 했으면 좀 섭섭했을까? 아니 오히려 잘됐다 싶었다. 우리 사이에는 도저히 메울 수 없는 공백이 버티고 있었으니까….

아무튼 화가 구본웅의 큰딸인 네가 내 친구인 게 자랑

스럽고 내가 좋아하는 발레리나의 이모인 게 자랑스럽고, 거슬러 올라가 상고머리 새침데기가 내 어린 시절 단짝친구인 게 정말 좋다. 또한 새벽에 이불 속에서 미적거리며 네 생각할 수 있어 고맙다.

아무렴. 너 살아있지?

꽃은 피고 지고_직무 태만

오랜만에 파란 하늘을 본다. 꽃샘추위가 회색 하늘을 단박에 바꿔버렸다. 아침나절 중정에 나가 빨래를 널고 돌확에 살얼음 덮인 물을 들여다보다가 깜짝 놀랐다. 돌확이 들어앉은 비좁은 땅 구석진 곳에 꽃 네댓 송이가 비집고 올라와 파르르 떨고 있는 게 아닌가.

작년 늦가을, 겨울채비를 하면서 돌확에서 얼기 직전의 물을 몽땅 퍼내고 축 처진 수련 화분을 건져냈다. 주위에 심어놓은 야생초도 말라 죽은 모양새라 가지는 잘라주고, 뿌리는 혹시라도 살아있을까 싶어 흙으로 잘 덮어주었다. 그랬는데 신통하게도 녀석들이 언 땅을 비집고 올라와 꽃을 피운 것이다. '노루귀'가 꽃 이름이다.

잎은 보이지 않고, 가느다란 세 가닥 꽃줄기 끝에 달랑 한 송이의 꽃을 매달고 있다. 엷은 노란색 꽃술은 여덟 개의 흰색 꽃잎에 둘러싸여 있는데, 크기는 엄지손톱만 하다. 지난 봄 이사하기 전 정원 공사할 때는 꽃이 진 후라 무슨 색일까 궁금했는데, 막상 흰색의 새침한 모습을 보니, 내가 미리 알고 고른 꽃인 듯 전혀 낯설지가 않다.

이 꽃의 단아하고 청순한 느낌은 노루 눈에 가깝다. 물론 잎 모양은 귀를 닮았다. 그래도 내 눈에는 화들짝 놀란 노루의 큰 눈망울이 연상된다.

원래 이른 봄에 피는 꽃이 빨리 지는 법이다. 수선화도 그 우아한 모습을 흰 눈 속에 뽐내고는 이내 미련 없이 진다. 겨울추위를 이겨내고 꽃을 피우려니 기력이 빨리 쇠진하는 모양이다. 뒤따라 잎도 금방 볼품없어지고, 구근만 땅속에 두더지처럼 숨어서 다음 해를 기다린다.

작년 7월에 집을 짓고 이사를 왔으니 어느새 이 집에 온 지도 1년 가까이 된다. 남편은 올 5월에 열리는 회고전을 앞두고 곰처럼 이 겨울과 전투를 하고 있는 중이다. 나이로 보나 체력으로 보나, 작업 못하겠다고 손 놓은들 누가 뭐라 할 처지도 아닌데, 본인은 아직 내려놓을 생각이 전혀 없나 보다. 골인 지점을 통과한 달리기 선수가 멈추는 걸 까맣게 잊고 계속 달리는 모양새다. 남편은 이번 회고전에 기필코 신작을 발표하리라 작심하고 덤비고 있다. 그러나 어쩌랴, 의욕이 앞선다고 몸이 따라주겠나?

어느 날 저녁, 밥 때가 되었는데도 남편이 돌아오지 않았다. 살림집과 작업실이 한 건물에 있어도 지척이 천리라서, 만약에 대비해 cctv를 설치해놓고 수시로 핸드폰 앱을 드려다보는데, 좀 전까지만 해도 화면 속에서 얼쩡거리던 남편이 갑자기 보이지 않았다. 한달음에 달려가보니 남편이 작업실 바닥에 널브러져 있었다. 흰 물감이 가득 든 물통을 들어 올리다가 뒤로 벌렁 나가떨어져 일어나지 못하고 있었던 것이다.

난 젊어서도 남편이 작업 중이면 작업실을 들락거리지 않았다. 방해 안 되려는 의도도 있었지만, 어쩌면 나를 방어하는 의미가 더 컸을지도 모르겠다. 작업에 빠져 있으면 그는 딴 세상 사람이다. 공연히 얼쩡거리다 엉뚱한 일로 불벼락 맞을까 봐 난 아예 몸을 사린다. 하지만 지금은 그의 옆에 내가 필요할지도 모르겠다. 그런데도 난 될 수 있으면 모른 척한다. 이 나이에 앙심을 품었겠는가? 단지, 늙어서까지 핀잔 들어가며 뒤치다꺼리할 기운이 없어서다.

에필로그

이제 우리는 어쩔 수 없이 사소한 일에도 일일이 서로 참견하고 거들고 하지 않으면 하루하루를 살아내기 힘든 나이에 왔다. 60년을 함께 한 내가 아무렴 아내의 본분을 잊었겠는가? 새벽에 신문 주워오면서 작업실에 슬쩍 들려 전날 남편의 행적을 찬찬히 살펴보고 오는 것으로 직무 태만을 이겨내고 있다.

겨우내 실내에 있다가 조급하게 밖으로 내몰린 양란이 '노루 귀' 옆에서 찬바람에 떨며 웅크리고 있다. 잎에 윤기가 사라진 것을 보니 머잖아 몸살을 앓을 것 같다. 측은지심이 들지만 봄에 새싹을 틔우려면 피할 수 없는 과정이다. 웬만한 추위는 견뎌내고 바짝 움츠리고 있어야 힘차게 밀어 올릴 힘이 생기는 법이다. 오래 살다 보니 세상 이치가 그러하다.

지은이 윤명숙

1939년 서울에서 태어났다. 충북 청주여자중고등학교를 졸업하고 1958년 홍익대학교 미술학부에 입학하였으나 1학년을 마치고 중퇴했다. 20세에 화가 박서보와 결혼하고 아내와 엄마로만 지내다 미술협회전, 홍익여류화가전 등에 그림을 출품하기도 했으나 붓을 놓은 지 오래되었다. 2006년 〈문학미디어〉에 단편 〈오렌지의 기억〉을 발표한 후 꾸준히 글쓰기를 하고 있다.

표지사진 박서보, 1965

나로 말할 것 같으면

1판 1쇄 찍음 2021년 2월 16일
1판 1쇄 펴냄 2021년 2월 26일

글 그림 윤명숙
펴낸이 안지미
편집 박승기
디자인 안지미
제작처 공간

펴낸곳 (주)알마
출판등록 2006년 6월 22일 제2013-000266호
주소 04056 서울시 마포구 신촌로 4길 5-13, 3층
전화 02.324.3800 판매 02.324.7863 편집
전송 02.324.1144

전자우편 alma@almabook.com
페이스북 /almabooks
트위터 @alma_books
인스타그램 @alma_books

ISBN 979-11-5992-328-9 03810

이 책의 내용을 이용하려면 반드시 저작권자와 알마 출판사의 동의를 받아야 합니다.

알마는 아이쿱생협과 더불어 협동조합의 가치를 실천하는 출판사입니다.

종이 본문_전주 그린라이트 80g/㎡